一ツ蝶物語
Hitotsucho Monogatari
横山充男
辻 恵［絵］
ポプラ社

一ツ蝶物語

もくじ

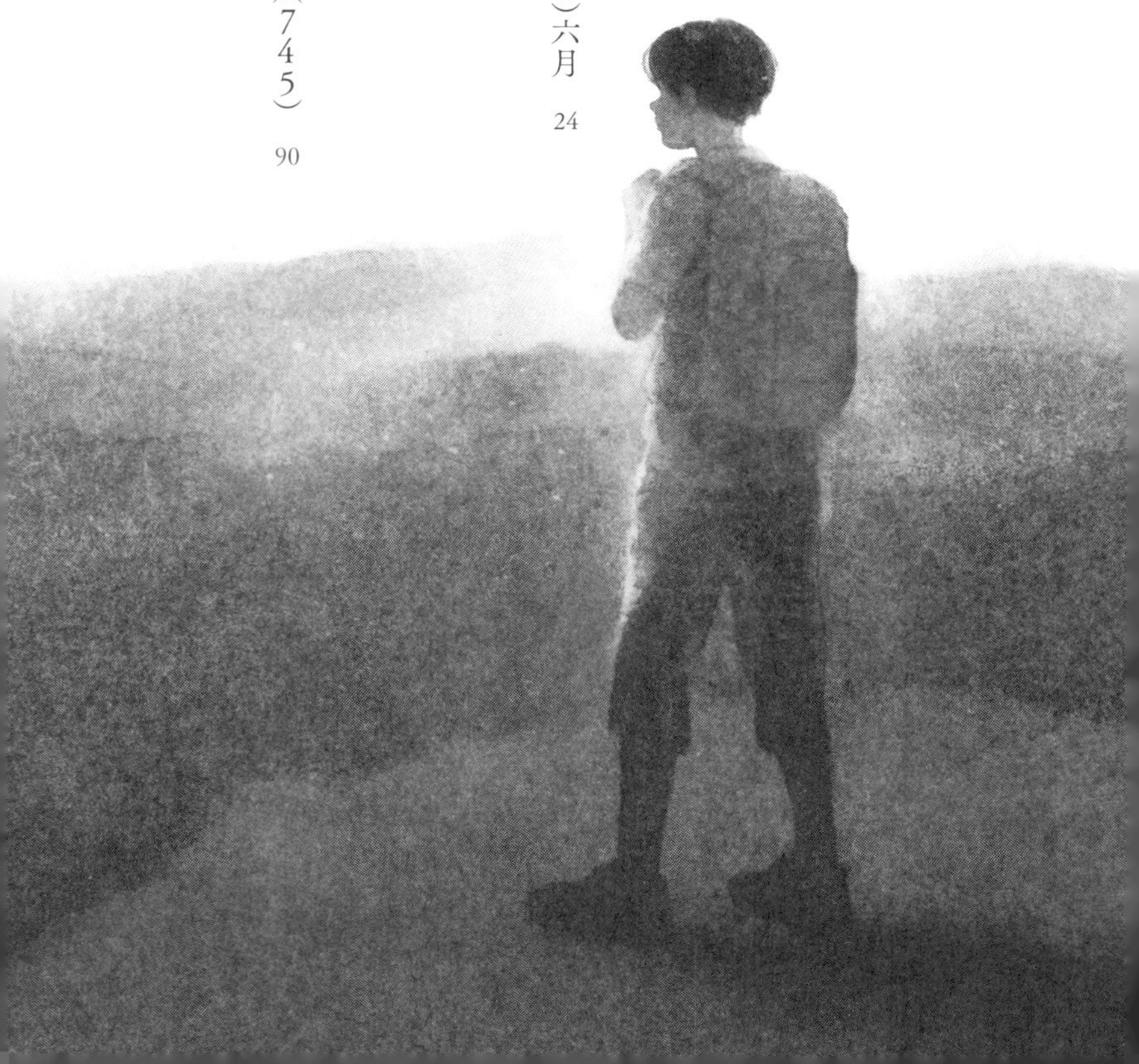

一の章

はぐれ蝶《ちょう》のこと

1　東海《とうかい》自然歩道

悠真《ゆうま》がその詩を見たのは、高校二年の四月であった。

春

てふてふが一匹韃靼海峡《だったんかいきょう》を渡《わた》って行った。

作者は安西冬衛《あんざいふゆえ》という人で、たった一行の短い詩である。
新学期の国語の授業だった。担当《たんとう》の女教師が、単元の進め方と授業の目標についてしゃべっていた。
悠真も真新しい教科書を机《つくえ》におき、各単元のページを順にめくっていた。

詩の単元に入ったとき、さきほどの詩が目に飛びこんできたのだった。

教科書には注釈《ちゅうしゃく》があり、「てふてふ」は蝶々《ちょうちょう》の古語で、「韃靼海峡」はロシアとサハリン島との間にあるタタール海峡だとあった。

地理的にいうと、北の荒々《あらあら》しい海であろう。春とはいえ、波も高く風もまだ冷たい。そんな海を、羽化して間もない蝶が渡っていく。

揚羽蝶《あげはちょう》だろうか。もっとちいさなシジミ蝶だろうか。

そんなことを思っていると、悠真の中で、ある風景がひろがった。

畳々《じょうじょう》たる山並《やまな》みがつづく尾根筋《おねすじ》である。そこを一匹《ぴき》のモンキチョウが飛んでいく。白く細い道がかすかにつづいており、はるかな山並みのむこうまでのびていた。

この尾根道を、知っている。

悠真はそう思った。ひどくなつかしいような、さびしいような。

そのとき、ふいに誰《だれ》かが悠真を呼《よ》んだ気がした。いや、悠真という名ではない。べつの名だ。いや、名ではなく、もっとべつのなにかだ。

頭がぐらりとした。思わず両手を机《つくえ》において体をささえた。

頭をふって教卓《きょうたく》のほうを見ると、教師がつぎの単元の説明に入っていた。


春季弓道《きゅうどう》大会が四月末の連休にあった。

岡崎《おかざき》公園にある武道センターは、この日いろいろな試合があるらしい。剣道着《けんどうぎ》や空手着、薙刀《なぎなた》のはかま姿など、武道にいそしんでいる高校生たちであふれていた。

「男子もがんばってね」

女子部員に声をかけられて、神田悠真《かんだゆうま》は「ああ、がんばるし」とうなずいた。

弓道場前で、男子部員と女子部員は着がえのためにわかれた。

「いや、全力をつくすで」

主将《しゅしょう》の島崎友也《しまざきともや》がはげますようにいった。

今日の試合は団体戦である。三人でチームを組む。各自四射《しゃ》。合計十二射の的中数で勝敗を決める。

鴨沂《おうき》高校の男子出場選手は、三人とも二年生である。三年の男子部員がいないからだ。

つまり予選通過はほとんどむりであった。

射距離《しゃきょり》二十八メートル、直径三十六センチの的を射《い》ぬく。これがむずかしい。二十八メートルはなれると、十円玉くらいにしか見えないのだ。

試合はすぐにはじまった。

実際に矢を射る場所を本座というが、東乙訓《ひがしおとくに》高校の三選手とともに六名で立つ。本座についた射手は、二本の矢を床《ゆか》におき、残りの二本を弓《ゆみ》とともにもつ。射場に入った瞬間《しゅんかん》から、呼吸《こきゅう》を整え、精神を統一していく。

足の幅《はば》や立ち位置をしっかり決め、的のほうに顔をむける。中庭を矢道《やみち》というが、自分の矢がどういう道筋を通って的にあたるか。その一点に心を集中していく。

先頭の選手が矢をつがえると、あとの者が順につがえていく。そうして矢は放たれていく。

矢を射《い》るのは、射法八節《しゃほうはっせつ》を基本とする。

一、足踏《あしぶ》み　両足でしっかり床《ゆか》を踏みつけ、膝《ひざ》を軽くしめて安定させる。

二、胴造《どうづく》り　弓《ゆみ》を体の正面にたて、矢をつがえる。右手は腰《こし》におく。背筋《せすじ》をのばし、呼吸《こきゅう》を整え、不動の姿勢《しせい》をとる。

三、弓構《ゆがま》え　矢筈《やはず》に指をかけ、顔を左にむけて的を見る。

四、打ちおこし　弓構えの位置から両こぶしをひたいの上あたりまで上げ、矢を水平に保つ。

五、引き分け　左手で弓を押しひらき、右ひじを起点として弓の力をささえる。さらに左手で弓を押しひらき、弓の力をたくわえていく。

六、会《かい》　引き分けの完了《かんりょう》した状態である。左こぶしは的にむかって押しだしつづけ、右こぶしは反対方向にひきつづける。

七、離《はな》れ　力が頂点《ちょうてん》に達したところではなす。

八、残身《ざんしん》（心）　矢のはなれたあとの姿勢をいう。不動のまま大の字の姿になっているのがのぞましい。

そして弓を前にたおして、一射を終える。

悠真《ゆうま》も八節にのっとり、弓を構え「打ちおこし」までの動作をとった。的が遠くに見える。あの的にむかって、「引き分け」ていく。

そのとき、いつもとちがう感覚があった。自分の矢道《やみち》が見えた気がしたのだ。透明《とうめい》だが、うっすらと見える。わずかに弧《こ》を描き、空中に矢が飛んでいく道がある。

かすかにふるえていた矢先《やさき》が、その道にあわせるとぴたりと止まった。するとモンキチヨウが、的の手前にあらわれた。矢道に二重うつしで尾根道《おねみち》も見えた。右手に広大な平野がひろがり、左手には畳々《じょうじょう》として山並《やまな》みがひろがっている。尾根道そのものは、細く、両わきは深い谷であった。その二重うつしの道を、モンキチョウは上下にゆれながら飛んでいき、すうっと的の黒丸の中に消えた。その瞬間《しゅんかん》、悠真《ゆうま》は「離《はな》れ」に入った。

矢は的に命中し、タンッと小気味よい音を立てた。矢取り道で応援《おうえん》していた女子部員や新入部員たちが歓声《かんせい》をあげる。だが、悠真にはほとんど聞こえていなかった。まるで水中にいるみたいに、すべてがしずかである。

二射《しゃ》めに入った。悠真は流れに乗って「弓構《ゆがま》え」をとったが、心はすでに的のむこうを見ていた。星的《ほしまと》と呼《よ》ばれる丸い的の中心に、黒い丸がある。まるで空洞《くうどう》かなにかのように今は感じる。あのむこうに、心が吸《す》いよせられていく。「打ちおこし」から「引き分け」に入ると、またモンキチョウがあらわれた。今度はすこしひろい尾根道《おねみち》である。右手の下方に広大な平地があり、そのむこうに海が見えた。左手の下方には盆地状《ぼんちじょう》の平地があり、そのさきには山々が連なっていた。モンキチョウは飛んでいき、やはり黒丸の中へ消えた。

タンッと音がし、悠真の放った矢はまた命中した。

三射めは、どこまでも山々がつづく尾根道《おねみち》であった。まるで緑の大海のように、果てしない山々である。空も青くひろく、果てがない。そしてモンキチョウが飛んでいく尾根道も、はるかな遠くへとつづいていた。ひどく気分はおちついて、心地よい。

タンッと音がひびき、矢は命中した。

四射《しゃ》めは、うす暗い峠道《とうげみち》であった。木もれ日があるので、さびしくはない。もうほとんど頂上《ちょうじょう》らしく、登り道もゆるやかだ。樹木《じゅもく》のトンネルのようなそのさきには、まぶしいほどの出口が見えていた。モンキチョウは、その光の中へと消えた。

わっと歓声《かんせい》が耳に届いた。

四射めも、命中であった。

射終わるとすぐに退場するのが決まりである。悠真《ゆうま》は夢からさめたような気がして、わずかにおくれて退場した。

「悠真。すっげえな。なんか、こつをつかんだんか」

外へ出ると、同じ二年の沢野俊作《さわのしゅんさく》が声をかけてきた。

モンキチョウがといいかけて、悠真はあわててのみこんだ。たぶんあれは幻想《げんそう》の蝶《ちょう》だ。もしほんとうに飛んでいたのなら、誰《だれ》かがそのことを話題にするはずだ。

「いや、まぐれまぐれ。なんだか、調子よかったんだよな」

悠真は小学生まで横浜《よこはま》で育った。父親の転勤で中学から京都《きょうと》にいるが、いまだに関西言葉がしゃべられない。

けっきょく、試合の結果はわずかの差で予選敗退だった。

女子のほうは予選を通過した。しかし午後の二回戦でおしくも敗退。

試合が終わり、みんなで歩いて学校へ帰る。武道センターのある岡崎《おかざき》公園からはそう遠くない。

東山《ひがしやま》通を越えたところに古書店があった。『仟仟堂《せんせんどう》』という看板《かんばん》の横に客寄せ用の出窓《でまど》があった。宣伝用の張り紙に、「特別フェア　道の写真展」と書かれている。下には熊野《くまの》古道《こどう》の写真が立てかけられていた。悠真《ゆうま》の心臓《しんぞう》が、とくりと鳴った。またモンキチョウが見えた気がしたのだ。

「悠真。なんかおもろいもんでもあんの」

主将《しゅしょう》の友也《ともや》がふりむいていった。

「いや、べつに」

悠真はあわてて首を横にふった。

いったん学校までもどり、その日はミーティングもなく解散となった。

自転車通学の悠真は、家にはもどらず、さっきの古書店までやってきた。どうしても気になっていたのだ。

仟仟堂《せんせんどう》は京都《きょうと》大学にも近く、客はけっこういた。おまけに店内の通路がせまく、手が届かない高さまでぎっしりと本がならべられ、あるいは積みあげられていた。いったいどこで「道の写真展」をやっているのかわからない。きょろきょろしていると、かべのほうに階段《かいだん》があるのが見えた。

はしごといってもいいような、せまくて急な階段であった。矢印の張り紙があって、「ミニギャラリー」と墨字《すみじ》で書かれている。悠真は頭をぶつけないようにのぼっていった。

仟仟堂は京都独特の町家造《まちやづく》りなので、二階の天井《てんじょう》は低い。ミニギャラリーというだけあって展示スペースもせまかった。板かべに道の写真が額装《がくそう》されかけられていた。ざっと見て、二十枚はある。真ん中には長机《ながづくえ》がおかれ、写真集が見本としておいてあった。書棚《しょだな》もあり、道にかんする本がならべられていた。

悠真はかべの写真を見ることにした。

世界遺産《いさん》として有名になった「熊野古道《くまのこどう》」、そして「東海《とうかい》自然歩道」「修験者《しゅげんじゃ》の道」「峠《とうげ》道《みち》」の四つに分類されていた。

見ていくうちに、悠真は心臓の鼓動《こどう》が高まっていくのを感じていた。写真にうつっている道のいくつかを知っているのだ。しかし記憶《きおく》をたどってみても、行ったことはない。けれど、知っている。さきほどの試合で見た幻想《げんそう》の道にもよく似ていた。

写真の下には、ちょっとした説明も書かれていた。

熊野古道《くまのこどう》の写真は四枚《まい》。杉《すぎ》木立や霧《きり》の石畳《いしだたみ》の道。谷筋《たにすじ》の細い道。畳々《じょうじょう》たる山並《やまな》みが見晴らせる尾根道《おねみち》。小辺路《こへち》、中辺路《なかへち》、大辺路《おおへち》など、古道にもいろいろルートがあるらしい。

東海《とうかい》自然歩道も四枚。大阪《おおさか》府箕面《みのお》市から東京《とうきょう》の八王子《はちおうじ》市までつづく道である。その多くが、昔は裏街道《うらかいどう》として人々が使ったという。

修験者《しゅげんじゃ》の道は三枚、役小角《えんのおづぬ》という山伏《やまぶし》の祖がひらいた道である。

峠道《とうげみち》は八枚。近畿《きんき》地方のさまざまな峠をうつしたものだが、悠真《ゆうま》の心がさわいだのは鈴《すず》鹿《か》峠であった。

ここはたしかに知っている。行ったこともないのに――。

頭がどうかしてしまったのだろうか。

家にもどってからも、そわそわして落ちつかない。写真で見た場所へ行きたくてしかたがない。なぜ行きたいのかはわからない。黄色い蝶《ちょう》にさそわれている気もする。あの蝶は、いったいなんだ?

自分の部屋でベッドに横たわっていると、頭の中は道の映像で埋《う》まってしまう。心臓《しんぞう》は鼓動《こどう》をはやめ、呼吸《こきゅう》も苦しくなっていく。「よし。行くぞ」と決めたとたん、すとんと気持ちが落ちついた。

とりあえずいちばん京都《きょうと》から近いのは、箕面市の東海自然歩道だった。

つぎの日は弓道部《きゅうどうぶ》の練習もなかったので、一人で出かけることにした。親にはともだちと遊びに行ってくるとうそをついた。なぜ自然歩道を歩くのか、それを説明するのもめんどうだったからだ。だいいち、悠真自身にもわかっていない。

京都からなんども電車を乗りかえて、ようやく阪急《はんきゅう》箕面駅についた。

箕面《みのお》国定公園の入り口でもある駅前は、連休のせいもあり観光客でにぎわっていた。もみじと滝《たき》で有名な観光地である。

悠真《ゆうま》はさっそく遊歩道へと入っていった。両側にはみやげ物屋や喫茶店《きっさてん》、小物の店などがならんでいる。

やがて店も少なくなり、渓流《けいりゅう》沿いの景色《けしき》は、深山幽谷《しんざんゆうこく》のふんいきを濃《こ》くしていった。川の中や山の斜面に、巨大な岩がいくつもある。小一時間ほどで、箕面の大滝についた。ここも観光客でにぎわっていた。

さらに山へと入っていくと、箕面ビジターセンターについた。箕面の自然や歴史について、展示や案内をしている建物である。そのさきに、「東海自然歩道」と彫《ほ》られた石柱があった。ここが入り口らしい。森の中のしずかな場所だった。

道は階段状《かいだんじょう》に整備されていて、迷う心配もなかった。あとはひたすら登りである。すぐに汗《あせ》がふきでた。雑木にかこまれた道なので、見晴らしもよくない。息を切らしながら、悠真はだまって登っていった。

ときどき登山グループとすれちがうが、野鳥のさえずりが聞こえるだけのしずかな山道であった。

しばらく登っていくと、人が駆《か》けおりてくるのが見えた。夫婦連れだろうか。キャップをかぶり、マラソンランナーのようなかっこうをしている。山道をひたすら走るトレイルランニングの愛好者だろう。

悠真が道をあけると、二人は会釈《えしゃく》をしながら走りおりていった。

そのとき、空気が動いて風になった。さあっと、悠真の中を吹《ふ》きぬけた。するとまた、悠真の奥でなにかがざわりとした。

そのざわめきは、これまでにない強さがあった。

さらに登っていくと、ようやく見晴らしのいい尾根筋《おねすじ》に出た。右手に大阪《おおさか》平野がひろがっている。生駒連山《いこまれんざん》や金剛山系《こんごうさんけい》、そのむこうには紀州山地《きしゅうさんち》。

試合のときに、第一の矢で見た道にそっくりだ。

ただ、幻《まぼろし》で見た場所は、両側がもっと深い谷だった。

また、モンキチョウが心に浮かんだ。

悠真《ゆうま》はもうすこし登ってみることにした。

やがてさっきよりも見晴らしのきく場所についた。腰《こし》をおろすのにちょうどの岩場もある。空は青く、風が気持ちよかった。

だが悠真の心のざわめきは、いっそう強まっている。気持ちを落ちつかせようと、ペットボトルの水を飲んだ。大阪湾《おおさかわん》や神戸《こうべ》の街並《まちな》みまでもが遠望できた。ふりかえると反対側には深い山々があり、新緑がまぶしかった。

そのとき、上のほうから、また誰《だれ》かが走りおりてくる音がした。

悠真の心のざわめきがさらに強まった。

悠真はその足音を聞きながら、とつぜん頭に浮かんだ言葉をつぶやいていた。

テンショウ、ジュウネン。

――天正十年。

2

謀反《むほん》

天正《てんしょう》十年（1582）六月

夜のいちばん深い時刻《じこく》であった。

眠《ねむ》りの中にどこか不穏《ふおん》なものを感じとり、かい丸《まる》はすでに目をさましていた。

案《あん》の定《じょう》、すぐに呼《よ》びだしがあった。下人《げにん》の男が、太夫様《たゆう》がお呼びだと告げにきた。

馬の飼葉《かいば》を積んでおく小屋が、今のかい丸にあてがわれた寝《ね》どころである。はじめは枯《か》れ草のにおいが気になったがもう慣《な》れてしまった。

小屋を出ると、東の空が明るい気がしたが、それは明けていく光のせいではなかった。都の方角でなにかが燃えているのだった。

ただならぬ気配に目がさめたのは、たぶんそのせいだろう。太夫の呼びだしがこんな時刻にあるというのは、そのことと関係しているはずだ。

梅雨時《つゆどき》の蒸し暑さが空気にこもっている。だが、雨はあがっていた。

かい丸はとりあえず小屋のそばを流れる水路に小便をした。わずかだが、陰毛《いんもう》がはえてきたのが今の希望といえば希望であった。

十三歳《さい》といえば、すこしは金になる仕事をもらえるはずだ。しかし体の小さめのかい丸には、まだそういう仕事は来ていない。雑用をこなし、日に二度の食い物になんとかありつけるだけだった。それも生きていけるかどうかのぎりぎりのものだ。

かい丸は「ええ仕事やもしれん」とつぶやきながら下人小屋へとむかった。

松尾《まつお》様とよばれる大きな神社は、京《きょう》の都の西にある。北から流れてくる大堰《おおい》川のほとりに、広大な敷地《しきち》と壮麗《そうれい》な社《やしろ》がいくつも建っていた。背後には緑のきれいな山があり、神域《しんいき》と呼ぶにふさわしい清気がただよっていた。

はじめてここへやってきたとき、かい丸はようやく運がめぐってきたような気がした。こんなりっぱな神社なら、きっとやとい主もそれなりに徳のある人だろうと思ったのだ。

かい丸《まる》は松尾《まつお》神社に直接やとわれているわけではない。やとい主は、太夫《たゆう》と呼《よ》ばれる男であった。太夫はさらに誰《だれ》かもっとえらい人間にやとわれており、けっきょく自分は誰にやとわれているのか、ほんとうのところはわからなかった。

たとえいやなことがあったり、つらいことがあったりしても、苦情や不満を聞いてもらえるところなどない。ただだまって仕事をこなし、その日の食い扶持《ぶち》と眠《ねむ》られる場所があればよしとしなければならなかった。親のないこどもが、とにかくこうして生きていられるのだ。

ただ、かい丸にはもうひとつの「やとい主」がいた。この松尾神社の小間使いの仕事も、その「やとい主」からの指示であった。そして裏《うら》の仕事もときどきこうしてある。その「やとい主」はお頭様《かしらさま》と呼《よ》ばれていた。

かい丸が寝《ね》おきしている飼葉《かいば》小屋は、松尾神社の神域《しんいき》からわずかに南にはずれたところにあった。下男小屋はさらに坂をおりたところにふた棟《むね》建っていた。平屋の建物で、ここで十人ほどの男たちが寝《ね》おきしていた。今はまだ深夜なのでしずまりかえっている。

垂《た》れ烏帽子《えぼし》をかぶった太夫が、小屋の前で腕組《うでぐ》みをしてまっていた。

太夫が、あごで「ついてこい」というしぐさをし、そのまま杉林《すぎばやし》に通じる道を歩いていった。たきぎを積んでいる小屋まで来ると、やはりあごで「入れ」と指示した。

かい丸は、ごくりとのどを鳴らしてうなずいた。お頭様からの仕事であった。

たきぎ小屋の中は真っ暗であった。入ったすぐのところにひざまずき、声をまった。低く落ちついた男の声がした。

「池田《いけだ》の猪飼《いかい》までたのむ。しるしは、三粒《つぶ》、声は身人火木、青紫紫黄。できるだけはやくだ」

かい丸は頭の中で「しるしは、三粒、声は身人火木、青紫紫黄」とくりかえした。

かい丸の属している伊賀者《いがもの》のかくし言葉は、「木火土金水人身」と「色青黄赤白黒紫」の行にあてはまる文字の組み合わせを使う。身人火木、青紫紫黄にあてはまる「イロハ文字」は、「かんひよ」となる。かい丸の心臓《しんぞう》がどくりと鳴った。

書状のあてさきはおそらく「かんひょう」だろう。つまり黒田官兵衛《くろだかんのひょうえ》だ。西のほうで毛《もう》利《り》方と戦っている羽柴秀吉《はしばひでよし》の重臣である。しかも「しるし」が三粒《つぶ》。最速での伝書を意味する。都の方角の火の手は、この仕事に関係しているにちがいない。

「手を出せ」

男にいわれ、かい丸《まる》は手をさしだした。手のひらにひもがおかれた。

髪《かみ》をたばねて結ぶためのひもであった。細いが、縄《なわ》のようにねじって作られている。このねじりの中に書状がかくされているのだ。これを届けよということだろう。

かい丸は、もう一度、のどをごくりと鳴らした。いよいよ一人前の仕事が来たのだ。だが、ここは落ちつきはらって、「はい」とだけ返事をした。

密書《みっしょ》を届ける仕事など、これまで一度もなかった。ほかにも何人かが同じ密書をもって走るのだろう。かい丸はおとりなのかもしれない。たとえそうだとしても、こんなだいじな仕事をやらせてくれるだけでありがたかった。

男はさらにいった。

「都で変事があった。警備《けいび》や関所にかかるようなことがあれば、池田《いけだ》の呉羽《くれは》様への御用で松尾《まつお》様からまいりましたとこたえろ。それでもだめだったら逃《に》げろ。逃げられればそれでよし。逃げられねば飲みこめ。けっしてそれをさとられぬようにだ」

やはりひもの中には重要な書状が入っているのだ。しかし男はけっして中身については明かさなかった。

かい丸もそれ以上のことは聞かない。あたえられた仕事をまっとうするだけだ。

池田の呉羽様というのは、呉羽神社の元神職《もとしんしょく》のことである。織田信長《おだのぶなが》によって神社は焼かれ、今は池田の里で暮《く》らしているはずだ。

男はつづけた。

「おもてむきは、松尾様からの用事で行く。とりあえず丹波道《たんばみち》は関所が作られておるだろうから、うまくまけ。そこからあとは、警備《けいび》や関所はたぶんない。山へ入り、池田《いけだ》まで走れ。とちゅう、敵方の草《くさ》たちがひそんでいるやもしれん。気をぬくな」

草というのは、かい丸《まる》たちと同じ仕事をする者たちで、ようするに忍《しの》びのことだった。

かい丸はさっきよりもしっかりとした声で「はっ」とこたえ頭をさげた。

男もうなずく気配が闇《やみ》の中であった。

すこしの間をおいて、男は言葉を足した。さきほどとちがって、ややくだけた声になっていた。

「すこし肩《かた》がはってきたな。背ものびた。太夫《たゆう》からも、おまえの働きぶりは聞いておる。今度の仕事が上出来なら、お頭様《かしらさま》におまえのことを伝えてやろう」

かい丸は「ありがとうございます」とこたえて平伏《へいふく》した。つづけて「オノクラ様」といいかけて飲みこんだ。名を口にすることは厳禁であった。

男はそれきりだまりこんだ。「行け」ということだった。

かい丸はもう一度頭をさげ小屋を出た。そのまま飼葉《かいば》小屋までもどり、身じたくをととのえた。

まずは髻《もとどり》に結んでいたひもをはずし、密書《みっしょ》の入ったひもにつけかえた。伊賀《いが》ばかまをはき、新しいわらじをおろした。鉄くぎをたたいて作った両刃《もろは》の苦内《くない》を、伊賀ばかまの背中側にひそませた。

武器を所持することは、検問にひっかかったとき怪《あや》しまれる。しかし今度の仕事は、密書を届けることである。あるいは、密書を敵に渡《わた》さないことである。そのためには、死闘《しとう》もありうる。

「いやにはやいな」

積みあげられた飼葉のむこうから声がした。

ステであった。かい丸よりも年はふたつ上で、同じ草であったが、もっと裏《うら》のというか、闇の仕事をしていた。

ただし、ステにはほとんど出世の見込《みこ》みはない。伊賀《いが》の錬所《れんじょ》から一度逃走《とうそう》しているからだ。つれもどされて片目をつぶされた。右足の小指を切りおとされた。それが「伊賀の草《くさ》」しかも最下等の「腐れ草《くさぐさ》」であることのしるしであり、死ぬまで「闇《やみ》」の仕事しかあたえられない。かといって身をくらましても、かならず見つけだされる。特徴《とくちょう》のある片目と小指で。

かい丸《まる》がだまって身じたくをととのえていると、ステはさらにつづけた。

「いつもとようすがちがうな。なにか、いい仕事にありつけたか」

暗闇の中だが、かい丸は表情をかえないまま身じたくを終えた。

「太夫《たゆう》様の使いで、でかけてくる。昼すぎにはもどってこられる」

かい丸はそれだけいうと、小屋を出た。

ステのやけくそぎみのあくびが小屋の中から聞こえた。

広大な松尾《まつお》神社の境内《けいだい》は、いつもならまだしずまりかえっている。だが、都のほうであ

った異変が、宮司《ぐうじ》をはじめ神職《しんしょく》たちにも伝わっているらしい。おもてだってのさわぎには
なっていないが、すでに人が動きまわっている気配があった。
かい丸は松尾神社と月読《つきよみ》神社の間にある細い道を下り、まずは沓掛《くつかけ》方面にむかった。
沓掛は都と丹波《たんば》をむすぶ要所であり、関所がある。しかも西国《さいごく》方面にもむかえるため、
変事があれば必ず警固《けいご》がきびしくなるところであった。
まだあたりはどっぷりとした闇である。しかし今の季節なら、ほどなくして明るくなっ
てくるだろう。それまでには山道に入りたかった。
沓掛を通らずに、大原野《おおはらの》まで行ければあとはなんとかなる。だが、どちらにしても沓掛
から都へ通じている丹波道《たんばみち》を横切らねばならない。それが最初の難所だろう。かい丸は夜
目をきかせながら足早に歩いた。
やがて沓掛から都へ通じる道が近づいてきた。大原野の道と交差する辻《つじ》に、たいまつの
火がいくつも見えた。やはり関所が作られているのだ。

右手の山に入り迂回《うかい》することもできるが、遠まわりになるし、どちらにせよ丹波道《たんばみち》は横切らねばならぬのだ。沓掛《くつかけ》のような大きな関所ならいざしらず、臨時《りんじ》に作られた関所なら、雑兵《ぞうひょう》あたりが立っているだけだろう。かい丸《まる》はそう踏《ふ》んでそのまま近づいた。

案《あん》の定《じょう》、雑兵たちの関であった。甲冑《かっちゅう》を身につけた侍《さむらい》もいたが、体から発する気迫《きはく》のなさからして、やとわれ侍であることは見てとれた。その侍がかい丸を見つけ、えらそうにいった。

「そこの小僧《こぞう》、こんな時刻《じこく》にどこへ行くのだ」

ひまそうにしていた雑兵たちも、かっこうの獲物《えもの》が見つかったという感じで寄ってきた。そのうちの一人がもっているのぼりに、桔梗紋《ききょうもん》が染めぬかれていた。

明智《あけち》一族の家紋であった。都の方角の火の手は、明智光秀《あけちみつひで》の軍と関係があるのだろうか。領民《りょうみん》思いの知将《ちしょう》といううわさだったが、かい丸はどんな武将《ぶしょう》も信じていなかった。

かい丸はひざにつくほど頭をさげてからいった。

「これはご苦労さまでございます。わたしは松尾《まつお》神社の宮司《ぐうじ》に仕えております童子でございます。明智様の御家来《ごけらい》とお見受けいたします。いつも当社に酒米をご寄進いただき、まことにありがとうございます。わたしのような下下《げげ》の者が、こうしておられるのもみなさまのおかげでございます」

口から出まかせであった。松尾神社は酒の神様としても有名なので、とっさについたうそである。

もともとやとわれ侍で、しかもこんな場所で見張り役などやらされているのだから、命がけで主君につくそうなどとは思っていない。とりあえずほめてくれたし、まだこどものようだから、さして怪《あや》しいとも思わなかったようだ。だが、職務《しょくむ》はまっとうしなければならない。えらそうないいかたで、もう一度詰問《きつもん》した。

「どこへ行くのだと聞いておるのだ」

「はい。松尾神社の宮司の使いで、池田《いけだ》の呉羽《くれは》様をおむかえにまいってございます」

「池田《いけだ》の呉羽《くれは》様……。なんのためだ」

「呉羽様は元呉羽神社の御神職《ごしんしょく》でございまして、焼けおちた社《やしろ》の再建を願っておられます。そのことについてのご相談かと。小者《こもの》のわたしが道案内をいたします」

池田の呉羽神社は古《いにしえ》からの由緒《ゆいしょ》ある神社だが、織田信長《おだのぶなが》の侵攻《しんこう》によって焼けおちたままであった。

侍《さむらい》もそのことを知っていたようだ。「ううむ」とひげをさわりながらうなずいた。

「まったくのう、信長ときたら神仏をなんと心得ておるのか」

侍の言葉に、かい丸《まる》は一瞬《いっしゅん》背中がひやりとした。

侍は「信長」と呼《よ》び捨てにしたのだ。

明智光秀《あけちみつひで》は信長の重臣である。その明智軍の侍が、信長を呼び捨てにした。へたをすれば、その場で首をはねられるところだ。

いったいなにがあったのだろう。

かい丸はどう対応していいかわからずうつむいたままであった。そのようすを見て、侍はさも得意げにいった。

「そうよな。おどろくのもむりはない。われらが御館《おやかた》様が、いよいよ天下をお取りになられるのだ。御館様は信心も篤《あつ》く、智《ち》にも富《と》まれたお方だ。おまえたちも安堵《あんど》せよ。まあ、松尾神社はもともと信長に安堵されておったがな。酒の神様というのがよかったのかな。わははは」

ぺらぺらと口の軽い侍であった。

御館様というのは、明智光秀であることはまちがいない。もうすこし情報が得られそうだった。

かい丸は、さもおどろいた顔をしてたずねた。

「では、あの都の方角で火の手があがっているのは」

侍はたずねられたのがうれしかったらしく、かい丸のことばをさえぎるようにいった。

「そうよ。織田《おだ》方の成敗に決まっておる」

かい丸《まる》は思いきってたずねた。

「ご首尾《しゅび》は」

侍《さむらい》はひげをとくいげにさわりながらこたえた。

「なんの造作《ぞうさ》もない。こうしてわしらは落ち武者を見張っておる。万事、とどこおりなく進んでおるはず」

信長《のぶなが》をしとめたのか。さすがにそこまでは聞けなかった。だが事のなりゆきはわかった。明智光秀《あけちみつひで》が天下を取る。思ってもみなかったことだが、考えてみるとありえないことではない。いや、鬼《おに》のような信長より、明智光秀が天下を取るほうが世の中のためにはいいかもしれない。少なくとも、信長よりはという意味で。かい丸は内心そう思った。その気持ちが顔の表情にあらわれたのか、侍もうれしげにした。

かい丸はそれ以上深入りしてたずねることはしなかった。

天下取りが誰《だれ》になろうとも、自分は今を生きていかねばならない。髻《もとどり》に結んだひもを、つぎの草《くさ》に渡《わた》さねばならなかった。

かい丸はやはりひざにつくほど頭をさげながらいった。

「ご苦労さまでござります」

侍の声が頭の上でした。

「おまえも気をつけて行くがよい」

かい丸はなんども頭をさげて、その場をあとにした。

闇《やみ》の中でも、道はほのかに白い。夜目をきかせながらさきを急いだ。まずは大原野《おおはらの》まで行き、そこからわき道へと入ることになる。

京《きょう》の都から西国《さいごく》へ行くには、大きくわけると二つの道があった。

ひとつは淀《よど》川の左岸を大坂《おおさか》（いまの大阪《おおさか》）まで行き、そこから西国へとむかう道。

もうひとつは、大堰《おおい》川から淀川の右岸を行き、西宮《にしのみや》へとむかう山崎道《やまさきどう》である。

だが、下克上《げこくじょう》のこの時代、どこの領主《りょうしゅ》も道に関所をもうけ、通行料を取ったり怪《あや》しい者が通らないか検問《けんもん》をしたりしている。ましてかい丸《まる》が運んでいるのは密書《みっしょ》であった。街道を通るのは危険《きけん》すぎた。

道はいたるところにあった。川や海も道である。山や谷もまた道であり、きこりの道や修験者《しゅげんじゃ》たちがつかう山伏《やまぶし》の道もある。

かい丸がこれから入る道は、その修験者たちが開いたといわれる道であった。大原野《おおはらの》から十輪寺《じゅうりんじ》、それから山間へと入り善峯寺《よしみねでら》。そこからさらに山の尾根《おね》をめざす。平地の道は早足だとめだち、怪《あや》しまれるからだ。山の道なら人目もほとんどない。あるとすれば、街道を通らない、あるいは通れない者たちだ。そういう意味においては、街道よりも危険ではある。

善峯寺の大きなかわら屋根が、闇《やみ》の中でも浮《う》かびあがっていた。横目に見ながら、かい丸は山の道へと入っていった。

「ここまではうまくいった。どうやら運もひらけてきそうや」

人一人が通れるほどの細い道である。ところどころに木の根や岩も飛びだしている。だが、かい丸にとっては慣れた道であった。

ふだんは松尾《まつお》神社の小間使いをしていたが、三日に一度は、この道をつかって池田《いけだ》まで行っていた。昼間もあったし、夜間もあった。しかし、しるしが三粒《つぶ》であったことは一度もない。

たぶん、これまでは訓練《くんれん》であったのだとかい丸は思った。この道を、目をつぶってでも早足で駆《か》けぬけられるようにするためだ。

実際、闇の中でも早足でのぼりおりすることができるようになっていた。

山道に入り、ひとまず安心したせいか、つい本心をつぶやいてしまった。

「信長《のぶなが》が討《う》ちとられたか。けっ。ざまあみさらせ」

自分がこんなことになってしまったのは、もとはといえば信長のせいであった。

かい丸《まる》は近江《おうみ》の国の東《ひがし》ノ荘《しょう》というところで生まれ育った。荘という文字が示すように、もとは公家《くげ》の荘園《しょうえん》であった。武家が台頭し、下克上《げこくじょう》の時代となり、領主《りょうしゅ》もさまざまにかわった。だが荘園のときのなごりで、自治的な村の運営が残っていた。長老、中老、若衆《わかしゅ》と年齢《ねんれい》ごとに村人はわけられ、それぞれが村里を守るために役割を果たした。

戦《いくさ》は武士たちだけがやっているのではない。すべての人間が、生き残るためにそしてすこしでも自分たちがよい暮《く》らしをするために、侵略《しんりゃく》と略奪《りゃくだつ》を正当化していた。

東ノ荘でも、農民たちは武器をもっていた。安物ではあったが、よろいと槍《やり》、刀くらいはそろえていた。

領主が他国に戦に出るとなると、近隣《きんりん》の村々の農民が兵として集められ出陣《しゅつじん》もする。領主は戦場での食料は用意してくれたが、武器は村人で用意するのだった。

村の若衆たちが武具を身につけ、領主のもとに参じる。実際の戦《いく》さ場《ば》での指揮《しき》は、村長や有力者の息子《むすこ》である若衆頭《わかしゅがしら》だった。かい丸の父のような下人《げにん》たちも、貧しい暮らしからなんとかぬけだすために雑兵《ぞうひょう》としてついていった。ようするに報奨金《ほうしょうきん》がめあてであった。

だが、戦さ場で戦うことはあまりなかった。実際に命のやりとりをするのは、ほとんどがやとわれ人夫である。村にとって若衆たちは、農作業の重要な担《にな》い手であり、村自体を警護《けいご》するためのかえがたい戦力であった。だから、いつ国替《くにが》えになるかもしれない領主のために、命を消費させるわけにはいかなかったのだ。

戦さ場において、領主から敵の軍団を攻撃《こうげき》するように命令があっても、情勢を見きわめるまでは隊を動かさない。はっきりと勝ちを見きわめたときに攻撃に参加する。逆に、負けを見きわめれば、一目散に村にむけて逃《に》げかえる。

それは東ノ荘だけのことではなかった。遠国のことは知らないが、かい丸の生まれ育ったあたりは、おおむねそうであった。西ノ荘、中ノ荘、水口ノ荘、時前ノ荘とあわせて五ヶ荘というが、たがいの利益を守るために同盟を結んでいた。それを惣村《そうそん》と呼んでいたが、力ずくで支配しようとする領主に対しては結束が固かった。

だが、織田信長《おだのぶなが》が近江《おうみ》に侵攻《しんこう》してからは、荘《しょう》へのしめつけは容赦《ようしゃ》がなくなった。合戦にかりだすための若衆《わかしゅ》の名簿《めいぼ》の提出を求め、それを拒否《きょひ》すると、村の代表者が首をはねられることもあった。一方で、農作物や工芸品などを売る自由も認められ、努力さえすれば金も入ってくるようになった。

食うや食わずの一般《いっぱん》の農民、つまりかい丸《まる》の父親のような下人《げにん》たちは、信長のやり方を恐《おそ》れつつも、期待を寄せているところがあった。財や地位はなくても、才覚や力のある者、よりよく働く者が、富《とみ》を得られるからだ。先祖から受けついだ財の上で、のうのうと暮《く》らしている富裕者《ふゆうしゃ》や有力者たちを、乗りこえられるかもしれない。下克上《げこくじょう》は、武家たちだけのことではないのだ。

摂津《せっつ》か播磨《はりま》のあたりで、合戦があるという。信長の家来のなんとかいう武将の軍に、東《ひがし》ノ荘《しょう》からも兵を出すように命令があった。かい丸の父親も、報奨金《ほうしょうきん》ほしさに武具に身をかためて出かけた。

かい丸はそのとき八歳《さい》であった。妹が一人いた。母親は苦々しい顔をしていたが、止めることはなかった。米の取り入れもおわり、農作業も一段落《いちだんらく》していた。

父親が帰ってきたのは、雪がちらつくようになったころだった。合戦は勝利したが、父親の右足首から下がなくなっていた。寒さのせいか、傷はいつまでも痛むらしく、それをごまかすためにわずかな報奨金も酒になって消えた。

春になり、苗《なえ》の植えつけのころになっても、父親はろくに働こうともせず、母親やかい丸にあたりちらした。村長など富裕者の家に行っては金を無心し、こんな体になったのは誰《だれ》のせいだと毒づいた。やがて同じ下人の家にも無心に行くようになった。そうして、かい丸の家は鼻つまみとなり、いっそう貧しさに拍車《はくしゃ》がかかった。

しかしそれはかい丸の家にかぎったことではない。五ヶ荘のあちこちでそうした家が出た。

戦《いくさ》がつづくと、やとい人夫の兵も集まらなくなる。村の若衆が戦の前線に立たされるようになっていった。そうして、村の生産力は落ちていき、富裕者《ふゆうしゃ》や有力者たちは財をそがれていくことになった。

このままでは没落《ぼつらく》するしかない。そこで五ヶ荘の惣村《そうそん》はいっそう結束を固め、領主《りょうしゅ》に従わなくなっていった。

領主もまた、兵を集められない以上、信長《のぶなが》の命令にじゅうぶんこたえられなくなった。

それはまったく突然《とつぜん》のことであった。信長の軍が領主の城を攻《せ》めおとし、領地《りょうち》である村々はいきなり戦《いく》さ場《ば》と化した。有無をいわせぬやり方であった。

領主の一族は、ある程度は予測していたらしい。織田《おだ》家の支配下に入っていたとはいえ、それは生き残るためでしかない。直の家臣として忠誠《ちゅうせい》を誓《ちか》っていたわけではないのだ。だから織田家からくだされる無理難題の要求には、いちいち命がけでこたえることはしなかった。そうした積み重ねが信長を怒《おこ》らせたのだ。だから、領主の一族は早々に逃《に》げた。

五ヶ荘の惣村もあっけなく崩壊《ほうかい》した。しかし村を守ろうとする若衆《わかしゅ》たちは、武器をもって抵抗《ていこう》した。その結果、信長軍は女こどもまでを容赦《ようしゃ》なく殺した。

かろうじて逃げられたものたちは、ふしぎなもので領主のあとを追った。多くの者が伊《い》賀《が》もしくは甲賀《こうか》をめざしたのだ。

かい丸《まる》も家族とともに、とりあえずは伊賀をめざした。だが、足の悪い父親と、幼い妹の手をひく母親では、足取りもままならなかった。

追っ手がせまり、まずは父親があきらめた。せめてひと太刀《たち》あびせて死にたいなどと、最後までかっこうをつけたがった。いっしょに逃げようと母親は説得したが、林のむこうに雑兵《ぞうひょう》の姿が見えたとたん、母親は妹を抱《だ》いて逃げだした。

かい丸はどうしていいかわからなかった。十歳《さい》に満たないかい丸にできることなどほとんどない。けれどもできうるかぎり父親に加勢《かせい》して、ここでともに死ぬか。母と妹を守りつつ逃げていくか。瞬時《しゅんじ》に決断せねばならなかった。

けっきょくどちらも選べなかった。しかたなく、やぶの中に身をかくした。歯の根があわぬくらいがちがちとふるえた。

父親は腰《こし》に脇差《わきざし》、手には杖《つえ》がわりに短槍《たんそう》をもっていたが、ほとんどなにもできないうちに雑兵《ぞうひょう》の長槍《ながやり》に腹《はら》をつらぬかれた。

父親はぐえっと声をあげた。

さらに二人の雑兵が槍で胸《むね》をついた。

もういい、もういい、もうかんべんしてくれ。父親はなぜか雑兵たちにそんなことをいった。腹と胸を刺《さ》されて苦しかったのか、はやくとどめをさしてほしかったのか、両足を痙攣《けいれん》させながら懇願《こんがん》するのだった。

雑兵の一人が、いったんぬいた槍を、父親ののどにつきさした。ごえっというような声をあげ、全身をはげしく痙攣させながら父親はしずかになっていった。

かい丸《まる》はふるえつづけていた。つきあげる悲しみと怒《いか》りがのどもとまでせりあがっていた。だが、声に出せば、自分も殺されるだろう。気がつけば、父親をたすけるどころか、自分の命を優先する自分がいた。死にたくないと思った。だからやぶの中でふるえながらじっとしていた。

雑兵たちはほかにもいた。やがて、母親が逃《に》げていった方角から、女のさけび声がした。

かい丸は、その声を聞きながらも、生きていたいとふるえていた。そしてふるえながら、かい丸はそんな自分をにくみ、けれど人というのはこんなものなのだと、もう一人の自分が納得しようとしていた。

深い谷の村についたのは、それから二日ほどのちであった。ほかにも五ヶ荘から逃げてきた者たちがいた。ほとんどはさらに山を越《こ》えて、伊賀《いが》のほうへと逃げていった。しかしかい丸は、一人きりであり、どこへ行くあてもなかった。

村の長が、そんなかい丸を見て、どんなことでもするかと聞いてきた。かい丸はうなずくしかなかった。

翌日に、きこりふうの男につれられて、さらに山を越えていった。

そこは鈴鹿《すずか》山系の谷筋《たにすじ》にある山里であった。斜面《しゃめん》にはだんだんの畑があり、板ぶきの家が点在している。背後には鈴鹿の山並《やまな》みがあり、青い空がきれいだった。反対側にも小さな山の連なりがあり、天然の要塞《ようさい》のような地形になっていた。

畑のあちこちでは、柿渋色《かきしぶいろ》の野良着《のらぎ》をつけた農民たちが仕事にはげんでいる。谷に流れる川は澄《す》みきっており、花が咲《さ》き野鳥が絶え間なく鳴いていた。ここは極楽浄土《ごくらくじょうど》かとかい丸《まる》は思った。

かい丸は、男につれられて、さらに山里の上のほうまで行った。

そこはだんだん畑の最上段《さいじょうだん》にあたる場所で、見晴らしがよかった。平屋で横長の家があった。どういうわけか、こどもが十数人、薪《まき》を割ったり下の谷から水をくんできたりしている。ほとんどが男の子であった。

ここが錬所《れんじょ》とよばれる施設《しせつ》であった。草《くさ》とか忍《しの》びとかいわれる者を作る、いわば訓練所である。かい丸のような身寄りのないこどもがつれてこられて、忍びの術と精神をたたきこまれる。極楽などではなかったのだ。

はじめは徹底的《てっていてき》に作業をやらされた。まだ暗いうちからおこされて、錬所の掃除《そうじ》や庭の草取り、谷川からの水くみ。たきぎひろいや薪割り。昼間は里におりて、農作業の手伝いはもちろん、石垣《いしがき》作りのための石運びなど、とにかく眠《ねむ》りにつくまでずっと体を動かしていた。

オンシと呼《よ》ばれる教育係の男が三人いて、かい丸はオノクラというオンシの下で働いた。オノクラは三十すぎの男で、仕事の指示以外はほとんどしゃべらなかった。新入りのかい丸のようすをじっと見ているだけであった。

三日、十日とすぎれば、同じ屋根の下で寝《ね》おきするわけだから友のようなものもできる。みんなくたくたで、口をきくのもいやなほどだが、それでも気のあうものがでてくる。かい丸が口をきくようになったのは、サンと呼《よ》ばれる男の子であった。年はひとつ上であった。ちなみにかい丸は、ここではカイと呼ばれていた。

サンは動きが俊敏《しゅんびん》で、頭もよかった。ほかのこどもたちがやりたくてもやらせてもらえない訓練も受けているようだった。苦内《くない》や手裏剣《しゅりけん》の使い方などもそうだ。

そのせいかどうかはわからぬが、サンはほかのこどもたちとは打ちとけようとしなかった。けれど、どういうわけか、かい丸《まる》には話しかけてきた。あれこれと錬所《れんじょ》での暮《く》らし方まで教えてくれた。

とにかくはじめのひと月がだいじだと、サンはいった。このひと月の間に、徹底的《てっていてき》に仕事をやらされ、その仕事にどんなふうにむきあうか、それをオンシに観察されているのだという。

ようするに、忍《しの》びとしてむいているか、いないか。むいているとしたら、どんな才能をのばせられるか。それを見られているのだと。

忍びにむいていないと結論づけられると、悲惨《ひさん》な結果がまっているらしい。それは口にはしなかったが、サンがなにをいおうとしているのか、かい丸にもじゅうぶんわかった。

自分の能力を最大限発揮していかないと、生きていかれないのだ。そういう意味においては、サンは優等生であった。

そのサンが、こともあろうに錬所から逃亡《とうぼう》した。どんな理由があったか知らないが、かい丸にはその気持ちがわかる。故郷に帰りたかったのか、誰《だれ》かに会いたかったのか。こんなところで優等生であっても、後《のち》はろくな死に方はしないのを見きわめてか。

いやそうしたすべてだろう。ここで飼《か》われているこどもたちは、多かれ少なかれ同じ思いをもっている。

サンはわずか三日後にはつれもどされた。すでに罰《ばつ》として片目がつぶされ、足の小指が落とされていた。包帯がわりの布を、顔の片面と足に巻いていた。おそらく逃《に》げた翌日にはつかまり、どこかで制裁を受けたにちがいない。傷の痛みも消えないうちに、錬所にもどされた。見せしめのためである。

サンと口をきくことは禁じられた。寝《ね》る場所もべつで、夜になるとサンの泣きわめく声がした。折檻《せっかん》されているのだ。翌日になると、サンはオンシの監視《かんし》のもとで働かされた。毎晩《まいばん》ひどい折檻を受けているにもかかわらず、サンはだまって働いていた。顔と足以外には包帯もまいていない。おそらく、外から見た目にはわからないやり方で折檻を受けているのだろう。しかも翌日に働くだけの体力を残すような拷問《ごうもん》なのだ。

サンは日に日に表情がなくなり、誰《だれ》とも目をあわさなくなった。もちろん、かい丸《まる》にもだ。

そうしてまた、こどもたちが寝床《ねどこ》に入るころに、サンの泣きわめく声が聞こえてくる。もういいかげんやめてくれ、とこどもたちが耳をふさぐころを見はからって折檻は終わる。

サンは十日ほど錬所《れんじょ》にいた。それからどこかへつれていかれた。

忍《しの》びの者は、家柄《いえがら》や実力や風格によって、上忍《じょうにん》・中忍《ちゅうにん》・下忍《げにん》とわけられていたが、錬所の出身者はよくて下忍止まりだ。ほとんどのものは使い捨ての飼《か》い犬にすぎない。さらにサンのようなものは、人としての心をもつこともゆるされない腐《くさ》れ草《ぐさ》として「闇《やみ》」の仕事につかされるらしい。ことわればもちろん命はない。サンの泣きわめく声は聞こえなくなったが、錬所のこどもたちの心に恐怖《きょうふ》としてこびりついた。

ここで生きていくしかない。草《くさ》と呼《よ》ばれる忍びになって、とりあえずこの錬所を出ていくしかない。その後どんな人生がまっているか皆目《かいもく》わからないが、どうせ下克上《げこくじょう》の乱世だ。ここにいるかぎりは食事にありつける。寝る場所もある。そんなふうに、かい丸もまた自分にいいきかせた。

かい丸は、オンシのオノクラによって「早足の者」の能力を見つけてもらった。それは錬所にいる者にとっては、うらやましいことである。ほとんどのこどもは、特に才を認《みと》められることもなく、死ぬまで下積みの草として生きていくことになる。

かい丸は「早足の者」としての才をみがけば、上忍の支配下の組に入ることも可能だ。手柄《てがら》を立てて、いつか家と畑を手に入れることもできるかもしれない。ほんとかうそか知らないが、オノクラはそういってはげましてくれた。

かい丸《まる》が錬所《れんじょ》にいたのは半年ほどであった。もともと頭がよかったこともあるが、懸命《けんめい》に学んだのではやく出られたのだ。

オンシとしてのオノクラの任期もちょうど終わるときに重なり、いっしょについてくるようにいわれた。ようするにオノクラの支配下にかい丸が入ったということだった。しかしすぐに仕事についたわけではない。伊賀《いが》のべつの村にうつっただけだ。

そこは地侍《じざむらい》の屋敷《やしき》もある村で、低い山々が複雑に入り組んだ地形だった。よそから来たものには、迷路のように思えるだろう。

オノクラの家は、見た目にはふつうの農家だった。家族もいて、田や畑を耕して暮《く》らしている。ただ、オノクラはいつでも腰《こし》に脇差《わきざし》を差していた。ほかの農民とはすこしちがう身分らしかった。

そこで二日ほど泊《と》まり、白かべのある屋敷につれていかれた。お頭様《かしらさま》と呼《よ》ばれる人の屋敷であった。屋敷内に長屋《ながや》があり、下人たちの寝《ね》どころとなっていた。

かい丸はここで下働きをしながら、「早足」の訓練を受けた。一年ほどここにいたが、お頭様という人とは一度も会ったことがない。大きな屋敷であったが、ここに住んでいるわけではなさそうだった。

そこでの暮らしも楽なものではなかった。むしろ錬所での暮らしがなつかしかったほどである。けれど、草《くさ》として、忍《しの》びとして生きていくには、さまざまな術を会得《えとく》しなければならない。おまけに、かい丸よりも年上の下人たちからは執拗《しつよう》ないじめも受けた。たえしのぶことを、まさに体得させられたのだった。

まだこどもの体であったが、むしろそれが役に立つということなのか、十二歳《さい》になったとき、草としての仕事につかされた。

最初は、京《きょう》の都を警備《けいび》する侍の家に行かされた。侍の乗る馬のあとについて走り、馬糞《ばふん》をひろう仕事であった。実際は、侍の行きさきや言動を、オノクラからつかわされるべつの草に伝えるのが裏《うら》の仕事である。それがどんなことに役立つのかは、かい丸にはわからない。

ひたすら馬のあとをついて走り、ときどき尻《しり》からひりだす馬糞《ばふん》をひろい、背中のかごに入れてまた走るのだった。それでも一日一度のそまつな食事があたえられるだけだった。

都の東山《ひがしやま》にある寺で小間使いをやらされたこともある。ここではもっとひどい食事しか出なかった。僧侶《そうりょ》というのはとてもえらい人だと思っていたのに、世間の人が口にできないようなうまいものや、酒、女遊びを平気でやっていた。そのくせ下働きの者にはろくな食事もあたえないのだった。

裏《うら》の仕事は、この寺を菩提寺《ぼだいじ》にしている公家《くげ》の行動を知らせることだった。しかしほとんど公家が姿《すがた》を見せることはなかった。

この寺にもう一人小間使いとして働く少年がいた。かい丸《まる》と同じくらいで、やはり親のないこどもであった。名をクジといった。ただし草《くさ》ではなかった。もともと京《きょう》の都で生まれ育った下層民だが、そのぶん、この都で生きていくことの術《すべ》は、かい丸なんかよりずっと身につけていた。年が同じくらいだったせいか、すぐに気があい口をきくようになった。ろくな食事が出ないために、かい丸はいつも腹《はら》をすかし、顔色も悪かった。ところが、クジはいつも元気で顔色もいい。ふしぎに思っていると、クジからある夜にさそわれた。

東山の谷に、死体を焼いたり埋《う》めたりする場所があった。

都とその周辺では、戦《いくさ》はもちろんだが、疫病《えきびょう》や飢《う》えや殺人、処刑《しょけい》や自殺など、人の死は日常のものであった。田舎《いなか》での戦は、死者の武具や着物まで、すべてを農民たちがはぎとり売った。田畑を戦で荒《あ》らされた当然の報酬《ほうしゅう》である。しかし都とその周辺の場合はすこしちがった。たくさんの死体はあちこちに積まれ、順に処理されるのをまつしかない。その死体を探り、身につけているものをかすめとろうという輩《やから》がけっこういた。

東山の谷にも、そうした場所があるのだった。

死体の処理については、その仕事を請《う》け負《お》う組織があり、ほかのものが手を出すと刃傷《にんじょう》沙汰《ざた》におよぶ。へたをすれば殺されることもあった。だから、夜の闇《やみ》にまぎれ、死体から金目のものがあればかすめとろうということだった。

クジはそんなことをして生きのびてきたのだ。腹《はら》をすかし、気をゆるめるとめまいさえするようになったかい丸《まる》は、否《いや》も応《おう》もなくついていくことにした。

半月が空にかかっていた。真《ま》っ暗闇《くらやみ》よりも、ちょうどいいのだとクジはいった。身をかくせる暗さと、死体を判別できる明るさがあるからだ。

谷の入り口あたりから、すでに死臭《ししゅう》が鼻をついた。手で鼻をかくしていたが、ひどいにおいは容赦《ようしゃ》なく鼻の奥《おく》に入ってきた。

谷間のせいか、地面がぬかるんでいる。それが雨水のせいなのか、屍《しかばね》から出る体液や血のせいなのかはわからない。とにかく歩きづらくてしかたがなかった。

半月に照らされて、横長の小屋のいくつかが、夜陰《やいん》の中にぼんやりと見えた。その横にも、土を盛ったようなものがいくつか見えていた。それが死体の山であることは、そばまで行かなくてもわかった。

すでに五、六人のものが、死体をまさぐって金目のものをさがしていた。ここへ運ばれてくる間に、死体処理《しょり》の人夫によってほとんどはは ぎとられている。けれども、取りこぼしもあった。それをねらってきているのだ。

クジはその死体の山へはとりつかず、小屋のほうへと進んだ。

いくつか小屋があるが、クジが立ち止まったのは、板かべでがんじょうにおおわれた小屋だった。入り口らしき扉《とびら》には鍵《かぎ》もかけられていた。ひとつふたつ空けられた窓《まど》にも、がっちりと格子《こうし》がはめられている。

クジは小屋の裏《うら》にまわり、板かべのいちばん下に指をつっこんだ。こどもの指なら入るくらいの節目の穴であった。そこに指を入れ、くいっとひくと、板が一枚《まい》はずれた。こどもならなんとか入れるほどの空間ができたのだ。

この小屋には、侍《さむらい》や武将《ぶしょう》などの死体が入れられてあるらしい。金目のものが見つかる確率はずっと高くなる。

クジは半月の光の中でにやりとし、「ここの仏さんはぜんぶ首がない」と手で首を切るまねをした。つづけて「誰《だれ》かくる気配があったら、はずした板をもどして、どこかに身をかくすんやで」といいのこして中に入った。

しばらくすると、クジは穴から出てきた。ふところをぽんぽんとたたいた。金目のものをしっかりいただいてきたという意味だ。

そのときであった。

「なかなかいい穴を見つけているではないか」

おしころしたような底意地の悪い声がした。小屋の角から男が出てきた。脇差《わきざし》くらいの刀を手にしていた。

「ふところのものを出せ。出せば命だけはたすけてやろう」

クジは一瞬《いっしゅん》の迷いもなく泥《どろ》をつかみ、男の顔めがけて投げつけた。逃《に》げようと走りだしたとたん、ぬかるんだ地面に足をとられてしまった。

男は刀をふりあげ、たおれたクジにむかった。このままではクジが殺《や》られてしまう。考えているひまなどなかった。

かい丸《まる》は用心のためにもってきた苦内《くない》を、腰《こし》からひきぬいた。

クジしか目に入っていない男は、かい丸に油断をしていた。

獲物《えもの》をおいつめた目でクジに襲《おそ》いかかる男のわき腹《ばら》を、かい丸は苦内で深くえぐった。

ぐうっと声をあげ、男はどっと前かがみに倒《たお》れた。

その男の首に、おきあがったクジが短刀をつきさした。

「なめんな、バーカ」

クジはそういうと、動かなくなった男のふところをさぐった。小銭の入ったふくろがあった。

「今夜はいいかせぎができたな」

クジはわらった。

翌日、どこで買ってきたのか、クジは鳥の焼肉をもってきた。寺の床下《ゆかした》で、かい丸《まる》と二人でむさぼり食った。男のとどめをさしたのはクジだが、かい丸も同罪《どうざい》だった。はじめて人を殺《あや》めたが、それほどの後悔《こうかい》も恐怖《きょうふ》もなかった。案外かんたんなことなのだと思った。それより、鳥肉がうまくてしかたがなかった。小骨《こぼね》まですべてたいらげた。

クジはそのあと、自分はある盗賊集団《とうぞくしゅうだん》に属しており、かい丸がその気ならお頭《かしら》に頼《たの》んで入れてもらえるかもといった。

かい丸は一瞬《いっしゅん》だけ迷ったが、けっきょく首を横にふった。抜《ぬ》け忍《にん》がどんなことになるか。かい丸はじゅうぶん知っていた。クジは残念がったが、それ以上はさそってこなかった。

クジはそれからしばらくして、ふいに姿《すがた》を消した。一月ほどたったころに、寺の下人《げにん》の男から、鴨《かも》川の三条川原《さんじょうがわら》にクジらしい死体があったことを聞いた。腹《はら》と首をさされて死んでいたという。

それからいくつか仕事をかわったが、今の松尾《まつお》神社での暮《く》らしがいちばんましだった。

とりあえず、神社側が下人たちを人としてあつかってくれた。そして、ようやく草《くさ》としての本格的な仕事をあたえられたのだ。

かい丸はそんなことを思い出しながら山道を駆《か》けあがっていった。善峯《よしみね》寺の南側の山すそからとりつき、すでにひとつの山を越《こ》えていた。山城《やましろ》の国から摂津《せっつ》の国へと入ったのだ。これから池田《いけだ》までつづくいくつもの山の稜線《りょうせん》を、ひたすら駆けていくだけだ。

錬所《れんじょ》や伊賀《いが》の里では、武術や諜報《ちょうほう》、心を操《あやつ》る五車《ごしゃ》の術、逃《に》げるための遁術《とんじゅつ》など、いちおう忍《しの》びの基本《きほん》は学んだ。けれど多くは歩法と走法の術であった。

猫《ねこ》の如《ごと》く鼠《ねずみ》の如《ごと》く。つまり猫のように音もなく、鼠のようにすばしこく、歩き、そして走る。

かい丸は自分が「早足の者」として育成されているのを理解していた。だから、懸命《けんめい》に術を会得《えとく》しようとした。

熟練《じゅくれん》の「早足の者」は、一日で五十里を走るという。都のある山城の国からなら、東へむかうと遠江《とおとうみ》の国の浜松《はままつ》あたりか。西へとなると、備中《びっちゅう》あたりとなる。うわさでは、羽柴《はしば》秀吉《ひでよし》が備中の高松《たかまつ》城を攻《せ》めているらしい。なるほど。明智光秀《あけちみつひで》の謀反《むほん》を一刻《いっこく》もはやく知らせるために、早足の者をつないで走らせているということか。幾人《いくにん》もの早足の者がつなげば、備中まで一日とかからないだろう。

かい丸《まる》はその一人に選ばれたのだ。誇《ほこ》りのようなものが胸《むね》にわきあがった。

「わしも、これでようやく一人前になれる」

東の方角からは、わずかに黎明《れいめい》の気配がひろがりつつあった。夜明けは近い。

かい丸はさらに足をはやめた。走法を身につけると、くだりよりものぼりのほうが軽快になる。息を吸《す》う、吐《は》く、吐く、吸う、吐く、吸う、吸う、吐く。息にあわせて、数を数える。ひい、ふう、みい、よう、ひい、ふう、みい。ひい、ふう、みい、よう、ひい、ふう、みい。

登り道は足であがるというより、腰《こし》であがるように意識する。ななめ右前方に肩《かた》をあず

けるようにして足を出す。着地してもふんばらない。数歩行くと今度はななめ左前方に、やはり肩《かた》をあずけるようにして足を出す。こきざみに、じぐざぐに登るのだ。

息と数と、肩と足と。

登りはじめ、走りはじめは苦しい時間があるが、そのうち体がうそのように楽になる。それを「乗る」とか「入る」とかいった。こつをつかめば、はじめの苦しさが苦痛《くつう》ではなくなる。そこを越《こ》えれば、歩いているよりも爽快《そうかい》な時間が来る。

樹林帯《じゅりんたい》の尾根筋《おねすじ》から、開けた尾根へと出た。ほとんど平らな稜線《りょうせん》であった。ここで走法をかえた。両手を下腹《したはら》におき、やや腰《こし》をおとす。なるだけ足先を地面からはなさずに、両足をこきざみに前に出す。

この走法でだいじなのはやはり腰だ。腰を安定させることだ。そして右肩を前に出すのと同時に右足を、つぎに左肩を前に出すのと同時に左足を出す。けれど腰の上下はほとんどない。遠くから見ると、まるで地上をすべっているように見えるのが理想的な姿《すがた》だ。足音もほとんどしないし、つかれも最小限で距離《きょり》をかせげる。歩いているのでもなく走っているのでもない。それが「早足の者」の走法であった。犬や狼《おおかみ》のように疾走《しっそう》してはならない。猫《ねこ》の如《ごと》く、されど鼠《ねずみ》の如くであった。

うっすらと空が明るくなりはじめていた。つぎの樹林帯まで急がねばならない。この稜線は、走る姿が丸見えだからだ。今度の仕事はどんな危険《きけん》がまちうけているかわからない。かい丸《まる》はもう一度自分の立場を考えた。これほど重要な密書《みっしょ》を届けるのだから、たぶん、ほかにも早足の者が走っているはずだ。かい丸の受けもつ道は、この稜線を走る池田《いけだ》までだ。だが、山の道はほかにいくらでもある。むしろ、かい丸はおとりの可能性が高い。誇《ほこ》りがすこし傷《きず》つく気もしたが、本物の密書がぶじ届くことを優先すれば、それでよいのだろう。ひょっとすれば、髻《もとどり》に結んでいるひもには、なにも入っていないのかもしれない。どちらにせよ、自分にあたえられた仕事を着実にこなせば、つぎの仕事も来るはずだ。

だったら、山の稜線を走る自分を、敵に見せてやろうとさえ思った。「乗る」「入る」時間になり、体も心も心地よい興奮状態《こうふんじょうたい》になっているのだった。しかし自分では興奮しているとは感じていない。むしろ非常に落ちついて、世の中のすべてを冷静に見ているような気持ちになっている。どんな敵があらわれても、背中にかくした苦内《くない》で倒《たお》せる。そんなふうに、心身ともに充実《じゅうじつ》した感覚になるのだった。

いくつもの峰《みね》を越《こ》え、箕面《みのお》の山並《やまな》みへと入っていた。池田《いけだ》までの道のりはあとすこしだ。空はさらに明るさをまし、気のはやい小鳥たちがさえずりはじめている。それでも林間に入るとまだ闇《やみ》がたまっていた。

このあたりは、修験《しゅげん》の山伏《やまぶし》たちが通る道でもあった。箕面の滝《たき》や、その周辺にある寺の多くは、山伏たちのなわばりでもある。戦国の世である今は、きびしい修行をして人々のためになろうとする山伏ばかりではない。きたえた体や呪術《じゅじゅつ》、武術を使って、強盗《ごうとう》のようなことをやったりするものもいた。いや、忍《しの》びと同じ仕事をしているものさえいると聞く。

草《くさ》とか忍びとかいわれるものは、その目や所作《しょさ》から、おたがいなんとなくわかるものだ。だが、山伏はどれがふつうで、どれが裏《うら》の仕事についているのか、かい丸《まる》には見当もつかない。なんどもこの道で、これまで山伏に出会った。どれも、同じにしか見えなかったのだ。密書《みっしょ》を運んでいるせいか、ふと、そんなことも考えてしまった。

勝尾寺《かつおう》への分岐《ぶんき》をすぎ、いよいよ箕面の滝へのくだりに入ったときだった。背後にかすかな気配のようなものを感じた。すぐ近くではないが、なにかがついてくる。

ただの動物ならいいが。

けれど狼《おおかみ》ならこまるな。

くだりでやや歩調がみだれたせいか、不安や緊張《きんちょう》が心に生まれていた。

日はまだ昇《のぼ》っていないが、夜は明けていた。

林間の道を下り、ひらけた場所が見えてきたとき、べつの不穏《ふおん》な気配を感じとった。たしかあのあたりは、見晴らしのいい岩場があるところだ。

なにかがいる。しかも身をかくすことなく、堂々と岩場に腰《こし》をおろしている。

山伏《やまぶし》であった。頭襟《ときん》は鉄でできているらしく、見ようによっては小さなかぶとである。腰《こし》には刀も差している。金剛杖《こんごうづえ》を手にして、岩場に腰かけていた。

かい丸《まる》は歩をゆるめた。山伏はかい丸に気づいているはずなのに、まったくこちらを見ようとしなかった。それがまた不気味でもあった。

かい丸はふつうのこどものふりをして、ぎこちない歩き方で下りていくことにした。そして、すこし手前で立ちどまった。こんな時間に、こんな場所に山伏がいて、その前を平気なふりをして通れるこどもなどいない。こわくて立ちどまるはずだ。そう考えたのだ。

だが立ちどまる前に、山伏が道をふさぐように金剛杖を前に倒《たお》した。

かい丸は思わずかくした苦内《くない》に手をかけた。いつでも戦える体勢をとったのだ。

山伏は視線《しせん》をあわさないままいった。

「このさきに不穏《ふおん》な者が身をかくしておる。道をかえるか、もどったほうがよかろう」

かい丸は、山伏の心が読めなかった。すでにただのこどもでないことを見ぬかれている気もする。それとも、山賊《さんぞく》か追いはぎがいるので、親切に教えてくれているのか。あるいは、山伏がしかけたわななのか。

あともどりすると、さっき感じた気配の者がまちうけているかもしれない。山伏と両方ではさみうちにされることもありえる。かい丸は、ふるえる声を演じながらいった。

「わたしは松尾《まつお》神社の宮司《ぐうじ》の使いで、池田《いけだ》の呉羽《くれは》様のところへむかっておる者でございます。不穏なものとは、どのような者のことで」

山伏は「ふん」と鼻でわらった。それからはじめてかい丸のほうを見た。

「わしのよけいなおせっかいだったようだな。だが、おまえがどういう者かよくわかった。わしも生きていかねばならぬのでな、まあ、こらえてくれ」

山伏はいいながら立ちあがった。すでに全身から殺気が発せられていた。それも怒《いか》りやにくしみのないかわいたものだ。人を殺すためだけに殺す。

かい丸《まる》は、背筋《せすじ》が凍《こお》るような恐怖《きょうふ》をおぼえた。

そこは逃《に》げ場のない場所であった。左右は断崖《だんがい》となっていて、馬の背《せ》のような尾根《おね》である。道をもどることもできたが、背後《はいご》からはさきほどの気配がどんどん近づいてきていた。

かい丸はこのとき、はじめてしまったと思った。

何度もこの道は通っている。この岩場のあたりは、逃げ場がないことも知っていた。だったら、もっとはやく対処《たいしょ》の方法を考えておくべきだった。

だが、後悔《こうかい》してももう遅《おそ》い。逃げられないなら、戦うしかない。勝ちめはないが、わずかでもすきが生まれたならば逃げよう。それでもだめなら、万に一つの奇跡《きせき》を信じて谷に飛びおりよう。とちゅうの木にでもひっかかるかもしれない。

とりあえずそこまで心を決めて、かい丸は後ろ手ににぎっていた苦内《くない》をひきぬいた。

山伏《やまぶし》はにやりとしただけで、よゆうの顔だった。

「わしだって、おまえさんみたいなこどもを殺《あや》めたくはない。どうだ。おとなしく渡《わた》してくれないか。わるいようにはしない。今おまえさんがやとわれているところよりも、もっといいところを紹介《しょうかい》してやる。どうせ下克上《げこくじょう》の世の中だ。やとい主に義理立てすることはない」

かい丸はだまっていた。ここはいちおう従《したが》うふりをして、山伏が油断《ゆだん》したすきをねらうこともできる。

もっとべつのいいところなんて、あるわけがない。

どこに行っても、どうせ地獄《じごく》なのだ。

山伏は「しかたないな」とつぶやいて、金剛杖《こんごうづえ》のさきをかい丸にむけた。背後からははっきりと足音が聞こえてきていた。

かい丸は、またもや、しまったと思った。山伏の話は、道をおりてくる者をまつための時間かせぎだったのだ。

足音はどんどん近づいてくる。ふりむきたいが、ふりむけば山伏の金剛杖が襲《おそ》ってくるだろう。かい丸《まる》は体を横にして、どちらも視界《しかい》に入るようにした。

足音は近づくとともにはやくなっていく。かい丸は死を覚悟《かくご》しつつやれることはやってみようと腹《はら》をくくった。だが、足音は緊迫《きんぱく》したものをふくんでいた。まるで誰《だれ》かから逃《に》げているような。

かい丸がそう思ったとき、山伏《やまぶし》の表情が一変した。さきほどまでのよゆうが消え、かい丸のほうを見あげていた。いや、その視線《しせん》はかい丸ではなく、足音のするほうへだった。

かい丸はわずかに体をひねって、道の上のほうを見た。

ぼろぼろの小袖《こそで》に素足《すあし》の男が駆《か》けおりてきていた。その顔には見おぼえがあった。同じ飼葉《かいば》小屋で寝《ね》泊《と》まりしているステであった。恐怖《きょうふ》に顔をひきつらせながら、必死で走りおりてくる。人の姿《すがた》を遠目に見つけたのか、駆けおりながらさけんだ。

「たすけてくだされ！」

錬所《れんじょ》を逃《に》げだし、罰《ばつ》として奴隷《どれい》のような身分に落とされたとはいえ、ステも忍《しの》びであった。それがあたりかまわず救いの声をあげるなど、ありえないことだ。

なさけないやつだとかい丸は思った。と同時に、ステは誰に救いを求めているのだろうと思った。たすけてくだされというのは、目上の者に対するいいかただ。……ということは、ステは山伏にいっているのか。

いったい、どういうことだ？

かい丸がそう思ったのとほとんど同時だった。山伏が道をだだっと駆けおりていき、横の谷に飛んだ。逃げたのだ。

かい丸はふたたび目を上の道にもどした。

ステも山伏が逃げたことを見たのだろう。絶望の表情にかわりながらも、逃げおりてくるのをやめなかった。そのステの足もとに、両端《りょうはし》に石がつけられた縄《なわ》が背後《はいご》から飛んできてからみついた。

ステはどっと前むきに倒《たお》れ、そのままかい丸の目の前までふっとんできた。顔と胸《むね》を打ったのか、ぐうっと声をあげた。それでも立ちあがり逃《に》げようと頭をもちあげたところに、笠《かさ》をかぶった男が飛んできた。手には短刀をもっており、有無をいわさずステの首につき立ててえぐった。ほとんど血も出ない頸椎《けいつい》へのさし方であった。瞬時《しゅんじ》にステは絶命していた。

男は小袖《こそで》にたっつけばかまをはき、旅じたくの侍《さむらい》のかっこうであった。笠からのぞくあごから口にかけての輪郭《りんかく》にはおぼえがあった。

オノクラ様!

恐怖《きょうふ》でふるえがとまらないかい丸《まる》も、それがオノクラであったことにはさすがにおどろいた。

オノクラは、短刀についた血肉を、そばにはえていた草でふくと鞘《さや》におさめた。

「時間がおしい。行け」

それだけいった。

かい丸はまだひざがふるえていたが、うなずくと駆《か》けだした。駆けだすしかなかった。

ステが殺された。それもオノクラ様に。

ステは裏切《うらぎ》ったのだろうか。ほかの忍《しの》びの組に、そそのかされたのかもしれない。

あの山伏《やまぶし》は、そういうべつの組に属する忍びだったのだろうか。

どちらにせよ、けっきょく、ステや自分のようなものが利用されるだけなのだ。

駆けおりながら、かい丸はサンのことを思い出した。

錬所《れんじょ》を逃《に》げだしたサンもまた、片目をつぶされ片足の小指を落とされた。今ごろどうしているだろう。もう生きていない気もする。

それに、妹のこと。

父親が殺されたあと、母親の断末魔《だんまつま》のさけび声を聞いた。あのとき、妹も殺されたのだろうか。ひと晩《ばん》やぶの中ですごしたあと、かい丸は逃げた。おそろしくて、母親の死体は確認しなかった。妹も殺されたとすると、さけび声くらいあげるだろう。だが、その声はなかった気がする。どこかで生きているのだろうか。いや、そんなわけはないか。あまっちょろい希望はさらなる絶望につながるだけだ。

わすれかけていた切ないものが目にあふれそうになり、かい丸《まる》はあわてて袖《そで》でぬぐった。

なにをふぬけなことを考えているのだ。

おれは、おれで生きていくしかない。

心がみだれると、呼吸《こきゅう》や足運びもみだれる。かい丸は、自分に落ちつけ落ちつけとくりかえし、胸《むね》の中にあふれてきそうなものを打ちすてた。

羽柴秀吉《はしばひでよし》の支配下に、韋駄天《いだてん》とよばれる忍《しの》びがいるそうだ。一日で五十里を駆《か》けぬけるという。たぶん、その韋駄天は、どこかべつの道を今ごろ駆けぬけているはずだ。

自分はおそらく、いや、きっとおとりにすぎない。だが、いつの日か、武将《ぶしょう》のおかかえの草《くさ》、忍びになろう。

かい丸は、それだけを望みにして山道を駆《か》けおりていった。

二の章

天空《てんくう》の蝶《ちょう》のこと

3 葛城《かつらぎ》・金剛山系《こんごうさんけい》

悠真《ゆうま》の見た幻想《げんそう》は、時間にすれば一分たらずのことであった。しかしその濃密《のうみつ》さと重量感は、幻《まぼろし》としてかたづけるにはあまりにもリアルすぎた。

ただ、それが現実のものでないのも明らかである。

しかしその間中、やるせないほど悲しい気分になっていた。そのくせ、あのかい丸《まる》という少年から、目をはなせない自分がいた。しかし幻からさめると、そこはまぎれもなく東《とう》海《かい》自然歩道の尾根道《おねみち》であった。

はるかな昔、実際に、ここであった事件なのだろうか。そう思ったとき、地面から一匹《ぴき》のモンキチョウが飛びたった。上下にゆれながら、大阪《おおさか》方面へと飛び、広大な平野を横断《おうだん》するように消えていった。そのさきには、大阪と奈良《なら》の県境となる葛城《かつらぎ》山や金剛《こんごう》山が連なっていた。

翌日からは、また日常がもどった。

中間試験が近づいてきたので、教師たちは授業の追いこみにかかっている。生徒たちもノートの貸し借りなどでいそがしい。悠真もまた、その流れの中でばたばたと日をすごしていった。

ただ、家にもどると、地図や道にかんする本を読むようになった。あの尾根道や峠道《とうげみち》の場所を探すためである。仟仟堂《せんせんどう》で見た写真にはその場所が書かれていたが、うろおぼえであった。箕面《みのお》の東海自然歩道と、鈴鹿峠《すずかとうげ》ははっきりおぼえている。あとは修験者《しゅげんじゃ》の道と熊《くま》野古道《のこどう》であった。

修験者とは山伏《やまぶし》のことで、彼らの修行《しゅぎょう》に使った道である。それは日本中にある。また一口に熊野古道といっても、たくさんのルートがある。あの写真展で見たのが、どのルートなのかわからなかった。

仟仟堂《せんせんどう》の写真展もすでに終わっていた。なにかヒントになるものがないかと、とりあえず箕面《みのお》の自然歩道について検索《けんさく》してみた。すると、いくつかおもしろいことがわかった。ひとつは、箕面の自然歩道が、昔は修験道《しゅげんどう》の道であったことだ。山伏《やまぶし》といわれる人たちが、深山幽谷《しんざんゆうこく》に入りこみ、修行《しゅぎょう》を重ねた道場でもある。

また、その修験道の開祖が役小角《えんのおづぬ》で、飛鳥《あすか》時代から奈良《なら》時代にかけて活躍《かつやく》した行者《ぎょうじゃ》であった。こどものころから葛城《かつらぎ》山や金剛《こんごう》山に登り、修行をしたという。

その役小角には、前鬼《ぜんき》と後鬼《ごき》という夫婦鬼《おに》の弟子《でし》がいた。彼《かれ》らは修行を重ね、師である小角の指導もあって、ようやく人間になることができた。そのこどもたちが大きくなり、修験者《しゅげんじゃ》（山伏）のための宿坊《しゅくぼう》をするようになる。今でもその子孫が、実際に宿坊をやっているという。前鬼後鬼の子孫たちは、名前に「義」の字を使うことになっていて、六十一代目の子孫が実在し「五鬼助義之《ごきじょよしゆき》」氏というらしい。奈良《なら》県下北山《しもきたやま》村前鬼《ぜんき》という住所がほんとうにあり、そこに今も宿坊がある。

それらのことから、箕面からモンキチョウが渡《わた》っていったのは、葛城・金剛山系《さんけい》ではないかと思った。ためしにインターネットのグーグルで、航空写真の地図を見てみるとなにかピンとくるものがあった。

ところがこの山系は、歩くにしては距離《きょり》が長かった。ハイキングコースになっていて、全長四十五キロメートル。しかしこのコースでさえ、長い山脈の一部でしかない。海に近い南の和泉山脈《いずみさんみゃく》から、金剛山・葛城山へと連なり、いくつかの谷をはさんで、北の生駒《いこま》山地までつづくのだ。

いろいろ調べて、けっきょく葛城山に登ってみることにした。金剛山でもよかったのだが、京都《きょうと》から行くには葛城山のほうが便利だったのだ。

悠真《ゆうま》が葛城山にむかったのは、中間試験が終わったつぎの日曜日であった。それにしても、この情熱のようなものはなんだろうと、悠真は不思議な気持ちに包まれていた。

近鉄《きんてつ》の特急に乗り、最後はバスで葛城《かつらぎ》山のふもとについた。ここからはロープウェイで登れる。

葛城山。標高九百五十九メートル。奈良《なら》県と大阪《おおさか》府の境にある山である。国民宿舎のロッジや食堂などもあり、けっこう観光客でにぎわっていた。山頂《さんちょう》はひろい草原で気持ちがいい。キャンプ場近くの高台に立つと、大阪平野と奈良盆地《ぼんち》が左右に見わたせた。たしかに第二の矢で見た風景に似ている。だが、もっと尾根筋《おねすじ》はせまく、道も細かった気がする。

とりあえず高原のような尾根をのんびり歩いた。あちこちにベンチがあり、登山客たちがすわっている。尾根筋のむこうには、谷をへだてて金剛《こんごう》山がそびえていた。

悠真《ゆうま》もベンチに腰《こし》をおろし休憩《きゅうけい》した。

ペットボトルの水をひと口飲み、さてどうしようかと思ったときだった。どこからか、歌のようなものが聞こえてきた。単調な節まわしだ。歌というよりも、声をのばしての朗《ろう》読《どく》だった。

ややはなれたベンチに、七、八人のグループがいた。大きなテーブルつきのベンチである。ほとんどが年配の女性で、みんな山登りのかっこうをしていた。その中の一人が、朗読しおえてすわった。

みんなの拍手《はくしゅ》のあと、べつの女性が立ちあがった。

「わたしのテーマは春菜です。若菜《わかな》ともいいます。万葉集《まんようしゅう》で若菜といえば、巻頭歌《かんとうか》で有名な雄略天皇《ゆうりゃくてんのう》の、籠《こ》もよ～み籠持ち～掘串《ふくし》もよ～、み掘串持ち～この岡に～菜摘《なつ》ます子～、家告《の》らせ～名告《なの》らさね～の長歌《ちょうか》だけど、わたしはこれを選びました」

登山帽《とざんぼう》をかぶった女性は、思い入れたっぷりに短歌を朗誦《ろうしょう》した。


春山の咲《さ》きのををりに春菜摘む妹《いも》が白紐《しらひも》見らくしよしも

歌いおわると、女性はいった。

「巻八にある尾張連《おわりのむらじ》の歌です。春の山に咲《さ》きほこる花の木の下で、若菜《わかな》をつむ乙女《おとめ》の白いひもを見るのはうれしいものです、という意味の恋歌《こいうた》だとわたしは解釈《かいしゃく》しました。明るい春の青空と、満開の山桜、その下にやわらかな若菜が生え、いとしい乙女がつんでいる。その乙女の服に結んでいるひもの白く清潔《せいけつ》なこと。それを見ている男性は、胸《むね》をときめかせます。ちなみに、『ををりに』というのは、枝がたわんでしまうほど花が咲きほこることだそうです」

ぺこりと会釈《えしゃく》して女性はすわった。するとまた拍手《はくしゅ》があった。万葉集《まんようしゅう》を学んで楽しむグループらしい。またつぎの女性が立ちあがり、べつの短歌を紹介《しょうかい》しはじめた。

だが、悠真《ゆうま》にはもう聞こえていなかった。

さきほどの若菜の歌を聞いたときから、モンキチョウが見えていたのだ。しかも今度は二匹《ひき》である。くっついたり、はなれたり、上下に飛んだり回転したりしながら、ひときわ高い金剛山《こんごう》の方向へと飛んでいった。
するとまた、悠真を呼《よ》ぶ声がした。かすかだが、たしかに呼んでいる。
声のほうに意識《いしき》をむけると、悠真の心にひとつの言葉が浮《う》かんだ。
テンピョウジュウシチネン。
――天平十七年。

4 谷間に咲《さ》く

天平《てんぴょう》十七年（７４５）

せりは十五になってはじめて月のものをみた。

母鬼村《ははおに》で巫女《みこ》をしているトジ婆《ばあ》から、そのときの始末のしかたは前もって聞いていた。だからあわてることはなかったが、下腹《したはら》のなんともいえない痛《いた》さと重さにはうんざりだった。

せりは鬼石山《おにいし》の頂上《ちょうじょう》近くで、祖父のトギ爺《じい》と二人暮《ぐ》らしだった。両親は河内《かわち》の狭山《さやま》池築《ちく》造《ぞう》のとき、事故で死んだと聞く。せりがまだ一歳《さい》のときだから、おぼえてもいない。

せりのことを母親がわりにめんどうをみてくれたのはトジ婆だった。トギ爺とはふたごのきょうだいだという。ときどき山の家までやってきてくれたし、せりもまた会いたくなれば村までおりていった。

両親をはやくに亡《な》くしたが、せりはトギ爺とトジ婆のおかげで元気に育った。親がいないことをさびしいと思ったことはない。山の家で暮らしていると、よその親子の仲むつまじい姿《すがた》を見ることもない。たまに母鬼村のトジ婆のところへいくと、里人と顔をあわすこともあった。けれどもトジ婆以外の人間と口をきくことはなかったし、口をきいてくれることもほとんどなかった。里のこどもたちも、せりのことを獣《けもの》を見るような目で「サンノモノが来とる」とひそひそいいあった。

サンノモノ。

それがどういう意味かわからないが、侮蔑《ぶべつ》の感情がこもっているのはたしかだった。口だけでなく、ときには手や足を出してくる悪ガキもいた。けれど棒切《ぼうき》れのひとつでもあれば、せりはけっして負けることはなかった。物心ついたときから、トギ爺から棒術《ぼうじゅつ》をしこまれていたからだ。

それでもくやしくて、トギ爺にサンノモノとはなにかとたずねたことがあった。囲炉裏《いろり》の火を見つめながら、トギ爺《じい》はうすくわらって「なあに、母鬼《ははおに》村の者ももとは同じ。山鬼《やまおに》と呼《よ》ばれたくなくて里におりただけよ。しかしけっきょく、母鬼の村と呼ばれておる」とだけいった。

よくわからなかったので、同じことをトジ婆《ばあ》にも聞いた。トギ爺よりもすこしくわしく教えてくれた。

深い山の中で暮《く》らす人間のことを山人《さんじん》というが、その中でもとくに山上様《さんじょう》につきしたがった人々のことをサンノモノといった。山上様は奈良の葛城《かつらぎ》の人で、役小角《えんのおづぬ》という名で知られた修験者《しゅげんじゃ》である。吉野《よしの》や箕面《みのお》、葛城などに道場をひらき、たくさんの弟子《でし》や修験者を育てた。亡《な》くなって四十年以上もたつが、今でも小角を慕《した》い、敬《うやま》い、修行《しゅぎょう》にはげむ者が多い。親しみをこめて、小角のことを山上様と呼《よ》ぶのだった。

そうした弟子たちの中でも、日々修行に明けくれるのではなく、家族といっしょに山深くで暮らすものを「サンノモノ」と世間の人は呼んだ。母鬼村の里人たちも、もとは同じサンノモノだったという。母鬼村という名も、もとは「はなれ鬼」からハハオニになったらしい。つまりは、せりと同じだというのだ。その証拠《しょうこ》に、河内《かわち》や奈良《なら》の平地の者は、母鬼村の人間のことを鬼の末裔《まつえい》だとうわさする。

「人が人を見くだすのは、終わりのない心の病だ。河内や奈良の地でも、官位やら地下人《じげにん》やら土師《はじ》やらと、たがいの身分や出自などでおとしめたり自慢《じまん》したりしておる。だが、サンノモノにはそれがない。だからいちばん上でもあるし、いちばん下でもある。なんとも、見晴らしのよいところが、サンノモノだ」

トジ婆はそういって、大きな声でわらった。

せりは結局わからなかったので、それ以上たずねるのはよした。どちらにせよ、サンノモノと呼ばれる自分たちは、世間からはあまりいい目で見られていないことはわかった。どこも悪いところはないのに、どうしてそんなふうに見られるのかわからない。いらだちや腹《はら》だちもあったが、そんなことにこだわっていてはちっとも楽しくない。だったら、里人や都人とはかかわらずに、山の中でたのしく暮《く》らしているほうがいい。それがこども心に出した結論《けつろん》だった。

山の暮らしは気持ちのいい朝からはじまる。わき水のあるところまでおりて、桶《おけ》に水をくむ。足腰《あしこし》の鍛錬《たんれん》になるからと、小さなころからまかされた仕事だった。岩のすきまからこんこんとわきでる清水《しみず》は、冬でも夏でも独特のあまいにおいがした。水霊《みずち》の神に感謝の祈《いの》りをささげて、桶に水をくむ。鳥の声を聞きながら、朝いちばんのわき水でのどをうるおす。体のすみずみから元気が出てくるのを感じる。山頂《さんちょう》近くの家まで三往復して、ようやく朝餉《あさげ》のしたくとなる。

山の斜面《しゃめん》に畑も作っているが、それだけでは足りない。山になる実や若菜《わかな》をとったり、また獣《けもの》を狩《か》ったりもする。だが、一年間、二人が食いつないでいくにはきびしかった。

二人が暮らしていけるのは、道の者たちのおかげであった。せりとトギ爺《じい》が暮らす家は、宿堂《しゅくどう》と呼《よ》ばれる小屋で、道の者たちの宿泊《しゅくはく》や休憩所《きゅうけいじょ》の役割を担《にな》っていた。道の者というのは、修験者《しゅげんじゃ》や歩き巫女《みこ》、密使《みっし》、山師《やまし》、薬師《くすし》、傀儡子《くぐつし》などさまざまだった。宿賃《やどちん》を銭ではらう者もいたが、豆や米をおいていく者もいた。道の者のおかげで自分たちは生きていけるのだと、トギ爺はいつもいう。

せりがここで生まれ育ったように、祖父のトギ爺もここで生まれ育った。ふたごのきょうだいのトジ婆《ばあ》は、乳《ち》ばなれするとすぐに母鬼村《ははおにむら》へもらわれていったという。七大龍王《りゅうおう》神社の当時の巫女が、神の託宣《たくせん》によってトジという赤子をつぎの巫女に選んだのだ。いっぽうのトギ爺は、山頂《さんちょう》近くにある家でそのまま育った。せりがそうであったように、親からサンノモノとしてひきつぐべきものをひきついでいった。山上《さんじょう》様の教えはもちろんだが、自分たちがサンノモノと呼《よ》ばれる前からの伝説や神話などもそうだった。さらに、山で暮らすための知識《ちしき》や技術、代々伝わる武術。トギ爺が受けついでいったように、せりにもそれらが伝えられていった。

せりはそれらのひとつひとつがおもしろく、ちっとも苦にはならなかった。だが、トジ婆《ばあ》はちがった。ときどき山へあがってきては、トギ爺《じい》になにかをさとすようにいっているのを耳にした。けれどせりがいるのがわかると、急に声をおとしたり話をやめたりした。

トジ婆は、せりを女の子として育てたいのだろう。いずれは七大龍王《りゅうおう》神社の巫女《みこ》にしたいと考えているようだった。いっぽうのトギ爺は、男女関係なく、この山の中で生きていくための技をさずけたいのだろう。しかも道の者とともに生きていくには、半端《はんぱ》な人間ではつとまらない。山と山をむすぶ天空《てんくう》の道（この尾根道《おねみち》をトギ爺はそう呼《よ》ぶ）には、ときに強盗《ごうとう》や人殺しで逃《に》げていく者もいるのだ。

どちらにせよトギ爺とトジ婆がいることで、せりはじゅうぶんに幸せだった。

春から初夏にうつっていくこの季節は、いくらでも山菜がとれる。朝餉《あさげ》のあとは、かごをかついで山をかけめぐる。日あたりのいい尾根筋《おねすじ》は、とくにやわらかな若菜《わかな》がよくとれた。道の者たちが活発に旅をする季節だから、泊《と》まり客もほとんど毎日ある。若菜を夕餉《ゆうげ》の汁《しる》に入れてやるとよろこばれるのだった。

月のものも終わり、下腹《したはら》の痛《いた》みもなくなったので、いつもの快活さがもどってきた。すこし遠出をするときは、麻《あさ》の腰布《こしぬの》を男ふうに股《もも》のところでぎゅっとしめあげる。脚絆《きゃはん》を足首にまくと、元気がでるからふしぎだった。袖《そで》なしの衣もちょうどいい季節だ。家から鬼《おに》石《いし》山の頂上《ちょうじょう》まで一気に駆《か》けあがり、今日は尾根道《おねみち》を北の方角にむかうつもりだ。

鬼石山の頂上は、その名のとおり石がある。人なら三人くらい立てる台形の岩だった。ここからのながめはいつでもすばらしい。河内《かわち》平野のむこうに見える青い海、ふりかえると奈良《なら》の盆地《ぼんち》があり、その背後には畳々《じょうじょう》たる山並《やまな》みが遠くまでつづいている。道の者が、ここでときどき休憩《きゅうけい》したりする岩でもあった。

天空の道と呼ばれる尾根道は、南の方角からやってきて北の葛城《かつらぎ》山のほうへとつづいている。葛城山はこのあたりではいちばん高い山で、山上《さんじょう》様をおまつりする大きな社《やしろ》があると聞く。その手前にもいくつか山があり、谷をへだててすぐむかいにあるのが国見《くにみ》山である。そこにも宿堂《しゅくどう》がある。逆に南へずっといけば、海に出るという。神様の住む島があり、舟で行くことができるらしい。すべて、道の者たちから聞いた話である。

トギ爺《じい》は、一年のうちのほとんどをこの鬼石山《おにいしやま》で暮《く》らす。ほんのたまにではあるが、家をあけるときがあった。そのときは、母鬼村《ははおにむら》からトジ婆《ばあ》がやってきて、せりといっしょに留守番《るすばん》をしてくれた。だから、せりは遠くへ行ったことがない。道の者たちの旅話を聞いていると、都や神様の住む島などへ行ってみたいと思う。けれどけっして口にはしないし、態度《たいど》にも出さない。トギ爺がよろこばないことを知っているからだ。

せりはそんなことを思いながら尾根道《おねみち》を北にとった。国見山《くにみ》の手前にある谷に、日あたりのいい草地があった。すこし遠いが、いい山菜がとれるのだった。

尾根道は見晴らしのいいところばかりではない。巨木の森はうす暗く、神々の荒《あら》ぶる気配を感じるところもある。だが、山上様《さんじょうさま》に祈《いの》りながら行けば、おそろしいことなどなかった。やがて明るい谷に出た。そこはやわらかな起伏《きふく》をもつ小山で、一面の草地だった。気持ちのいい風とお日様が、さらに気分を快活にした。むかいの谷をずっと登れば、国見山へと行ける。だが、トギ爺から許されているのはここまでだった。

山菜はいくらでもあるので、すぐにかごはいっぱいになった。若草《わかくさ》と若菜《わかな》のにおいにつつまれていると、自然と横になってしまいたくなる。あおむけにねころがると、空は青く、山や谷のあちこちから鳥のさえずりが聞こえてきた。

「若菜つみか。いいねえ。わしらも、つましてもらっていいかな」

男の声に、せりは飛びおきた。

二人の男がいた。頭巾《ときん》ふうのかぶりものをしていたので、役人なのだろう。ごくたまにだが、山林を管理する下っぱ役人がやってくることがあった。服装《ふくそう》からしても、そんなところだろう。せりはとりあえず敬意《けいい》を示して頭をさげた。するともう一人の男が、せりの手をとっていった。

「若菜はやわらかく純《じゅん》でいいのう」

男の口が生ぐさかった。背筋《せすじ》に悪寒《おかん》が走った。直感的に、この男たちが悪さをしようとしているのがわかった。それ以上なにかすると、腰《こし》にさした小刀で、手の肉を切りさいてやろう。そう思ったときだった。近くで声がした。

「手をはなせ。鏃《やじり》には毒がぬってある」

若《わか》い男が弓《ゆみ》に矢をつがえて、弦《つる》をひいている。つがえた手には、もう一本の矢もにぎられていた。連射《れんしゃ》のできる技をもっているのだ。せりも弓は使えるので、その構《かま》えだけで技量が推測《すいそく》できた。額には麻布《あさぬの》ではちまきをしている。トギ爺《じい》が外へ出るときにするものとよく似ていた。

「いや、ただのたわむれではないか。いい気候に、浮《う》かれ心がいたずらしただけだ。わかったわかった」

せりの手をとっていた男は、えらそうな態度をくずさずにはなれた。だが声は明らかにふるえていた。

若《わか》い男は矢をつがえ、ねらいを定めたままだった。男たちは「ただのたわむれごとだ。本心からではない。な、な」とくりかえしながらあとずさり、そのまま谷の下へと駆《か》けおりていった。

やぶをかきわけるような音がしていたが、「土蜘蛛《つちぐも》どうしで乳《ちち》くりあってろ」と下卑《げび》た声がし、やがてしずかになった。男たちはどこかへ行ってしまったようだ。

ツチグモ。

せりはその言葉を耳にした瞬間《しゅんかん》体を硬直《こうちょく》させた。身動きできないのは、心の中にできた渦《うず》のせいだった。その渦には、憎悪《ぞうお》や、悲しさや、むなしさ、あるいは憤怒《ふんぬ》といったものが混ざりあい、とがった殺意のようなものさえふくまれていた。だから、たすけてくれた若い男のことを一瞬《いっしゅん》わすれていた。あわててそちらを見た。そのときふたつの言葉が、せりの胸《むね》にわきあがった。

（ありがとう）

(よけいなことをしなくても、わしは一人で負かせられた)

どちらもほんとうだが、どちらもほんとうではない。心の渦でまだ混乱《こんらん》しているのだ。若い男はすでに背中《せなか》を見せて遠ざかるところだった。腰《こし》には射《い》とめたらしい野うさぎがぶらさがっていた。

結局なにもいえず、せりは若い男を見送った。そして、下級役人の吐《は》き気がするようないやらしさと、最後の捨てぜりふが脳裏《のうり》によみがえった。

「土蜘蛛どうしで乳くりあってろ」

サンノモノにも蔑《さげす》みがこめられていたが、土蜘蛛はそれとは比較《ひかく》にならないほどの蔑称《べっしょう》であった。人間とは認《みと》めない最大級の侮蔑《ぶべつ》である。大和人《やまとびと》である都の人たちは、はるか昔からこの地に住む土着の人々を土蜘蛛と蔑んだ。サンノモノも土蜘蛛の一種だと考えているようだが、ふだんはめったにいわれることはない。今日のようになにかがあったとき、腹《はら》いせに投げつけられることばであった。

せりには、平地で暮《く》らす大和人《やまとびと》と、山で生きる自分たちとなにがちがうのかわからない。着ている服はたしかにちがうが、それは役人と農民と商人と貴族と、それぞれがちがうようにちがうだけだ。だが、大和人たちは、せりたちと自分たちのちがいが、はっきりわかるのだそうだ。ピンとくるという。いったいなににピンとくるのか、せりにはわからない。

ただ、トギ爺《じい》はトギ爺で、自分たちは大和人ではないとはっきりいう。大和人とはべつの先祖をもっている。それは恥《は》ずべきことではなく、誇《ほこ》るべきことなのだとくりかえした。

トギ爺がせりに語ってくれた伝説のひとつに、サンガニパタがある。自分たちの先祖は、サンガニパタという一族であり、はるかな海をこえた大陸から、道を作りながらこの地までやってきた。道はいつか世界の真なるものに至《いた》るためのものである。そこに到達《とうたつ》するまで、サンガニパタは世代をつなぎながら道をひらき、道を守っていく。天空《てんくう》の道をこうして守っているのも、その仕事のひとつなのだといった。世間の人はせりたちのことをサンノモノと呼《よ》ぶが、自分たちではサンガニパタというのだった。

サンガニパタは、たしかに大和人がこの地にやってくる前からいたが、同時にそれよりも昔からいる民ともちがうという。土蜘蛛《つちぐも》は、そういう意味では、特定の一族のことではなく、大和朝廷《やまとちょうてい》とは一線を画している者たちを蔑称《べっしょう》するものであった。

いちばん権力《けんりょく》を持った者たちが、支配される者たちを侮蔑《ぶべつ》する。侮蔑され支配された者が、より力のない者を侮蔑し支配する。さらに、その下へ下へと同じことをくりかえす。身分の高い殿上人《てんじょうびと》は低い者を地下人《じげにん》と呼び、地下人の中でも身分の上下があり、より低い者を蔑視《べっし》してサンノモノとか土蜘蛛とか呼ぶ。そうした人間の世のつまらなさを、トギ爺は諭《さと》すようにせりにくりかえした。サンガニパタは、そうした世界から真に和を尊《たっと》ぶ世界へと道をひらいていくのだと。

だけど、せりはやっぱり腹《はら》がたつ。むしずが走る。大和はきらいだ。

あの若《わか》い男はどうなのだろう。トギ爺のように悟《さと》りきったようなことを考えているのだろうか。いや、それだったら、毒をぬった鏃《やじり》で人をねらうはずがない。あの若い男は、人を殺すことを覚悟《かくご》でわしを守ろうとしてくれた。

そこまで考えて、せりは全身がほてっているのに気がついた。血が沸騰《ふっとう》しているのではないかと思われるほど、皮膚《ひふ》の内側から熱をおびていた。

そんな自分におどろき、そしてひどく嫌悪《けんお》した。男とかわらないものを身につけ、髪《かみ》もたばねてひとくくりにしている。それでも下級役人の男たちは、せりのことを女と見て近よってきた。

あらためてせりは、袖《そで》なしの衣からのびた両腕《りょううで》を見た。しめあげた腰布《こしぬの》からでている足を見た。よく日焼けしているとはいえ、つるつるの女の肌《はだ》であった。けれどもほかの女のように、腰布《こしぬの》を裳《も》のようにたらすのはいやだった。胸《むね》のふくらみも、このごろではめだってきていやだった。

月のものも今年になってからはじまった。トジ婆《ばあ》は、それは神様のなされる御業《みわざ》であり、おまえが母になれる体になった証《あかし》でもあり、めでたいことなのだといった。だが、せりはこれまでと同じように、山々を駆《か》けめぐり、ときには弓矢《ゆみや》で狩《か》りをし、トギ爺《じい》の役に立つ生きかたをしたい。トギ爺もも若《わか》くはない。サンガニパタの最も重要な仕事を、そろそろ自分がひきつぐべきだとも思う。旗をふり、印をかかげ、天空《てんくう》の道を作る仕事。

どうして女などに生まれてきたのだろう。

ふくらみをましてきた自分の体がうとましかった。できれば、さきほどの若い男のような体がほしい。日に焼け、かたくしまった腕と足。ふところから垣間《かいま》見えた胸の厚み。弓矢をひきしぼったときの指の関節の太さ。濃《こ》い眉《まゆ》と黒い目。

あらぬことを考えてしまい、せりはあわてて頭をふった。胸のあたりになにかが詰《つ》まっている気がした。それがうとましく、けれど心地よい。

今日の自分はどうかしている。

山菜の入ったかごをせおい、せりは駆けるようにして家路についた。

ちょうど太陽が天の真上にきていた。朝にでかけてからずいぶん時間がたった気がしたが、まだ真昼間なのだった。鬼石山《おにいし》の頂上《ちょうじょう》にある石にトギ爺《じい》が立っていた。南の方角を竹《たけ》筒《づつ》で見ている。その方向には七石峠《しちこくとうげ》の谷をへだてて岩湧山《いわわき》がある。その頂上にも岩があり、そこに立つ者を見ているのだ。

せりは目がいいほうだが、竹筒《たけづつ》の穴をとおしてみると、もっとよく見えた。どういう理《り》屈《くつ》なのかはわからないが、肉眼で見るよりもずっと遠くまで見えるのだ。トギ爺は遠見のために竹筒をいくつも持っているので、ときどきそれを借りて見ることがあった。

岩湧山はずいぶん遠くだが、竹筒だと人間の姿《すがた》がはっきり見える。顔の表情まではむりだが、着ているものや男か女かくらいはわかった。たいていは男がそこに立っていた。ときには家族でいるときもあるが、旗をふったり印を見せたりするのはたいてい男であった。

男は竹ざおにつけた旗をふる。麻布《あさぬの》で無地のものであった。上下に、左右に、あるいはななめに、または波のように。

それがなにかを意味しているらしく、竹筒でながめるトギ爺が「ぬ、さ、と、み、け、は」とかつぶやく。たいていは短いことばのようなものだった。

また印をかかげることもあった。男の女房《にょうぼう》のものであろうか下帯のようなもの、あるいは榊《さかき》のような濃緑《こみどり》の枝葉、ときには○や△や×などを両手で示すこともあった。そういうときは、トギ爺はうれしそうにわらったり、そりゃたいへんだったなとつぶやいたりした。

たぶん、前半の旗ふりが、そのまた南の山からやってくる信号なのだろう。後半は、岩湧山の男の通信なのだ。せりはそう思っていた。だが、その旗や印がどんな意味をもっているかは教えてくれなかった。

一日に三度、ここで通信を受ける。受けた通信は、北側の国見《くにみ》山へとトギ爺が送る。それがもともとはどこから発信されて、最後にはどこへ行きつくのか、せりは知らない。トギ爺が教えてくれないのだ。この方向への通信が「上がり」といった。

「上がり」がおわると、今度は「下がり」がある。つまり、北側の国見山から通信があり、それを南の岩湧山へと伝えていくのであった。だが、「下がり」はあまりなく、たいていは竹ざおにつけた旗をかかげ、くるりとまわして一度つきあげた。これだけはせりにもわかる。「なにもなし」ということだった。小さなころは熱心に見たが、けっきょく意味がわからないので、このごろでは見ることもなくなっていた。

その日も「上がり」を終えて、「下がり」となった。若菜《わかな》つみでいろんなことがあったせいか、せりはトギ爺《じい》のそばにいたくてそのままいた。トギ爺は竹筒《たけづつ》で国見山《くにみ》をながめた。

「ほう。どうやら元気がもどったようだ。よかった」

国見山の男は病気だったらしい。それが回復して、旗ふりの仕事に復帰したというのだろう。

「どこかわるかったの？」

せりが聞くと、トギ爺は竹筒でながめながらうなずいた。

「あいつもいい年だ。あちこちガタがきはじめたのだろう」

トギ爺だっていい年だ。せりにはかくしているが、体のおとろえはその動きを見ていればわかる。囲炉裏《いろり》から立ちあがるとき、山の急斜面《きゅうしゃめん》をあがるとき、小刀で木をけずるとき、声や息や目の細めかたでせりにはわかる。

すこしずつ、いろんな仕事をわしが交代するから。旗ふりの仕事だって。

そういいたいが、怒《おこ》られそうで今もいえない。かわりに、べつのことばとなった。

「じゃあ、かわりの人がやってたの？」

「そういうことだ」

トギ爺はそれだけいうと口をつぐんだ。せりはもうそれ以上聞かない。トギ爺が口をへの字に結ぶというのは、そういうことだった。

岩湧《いわわき》山も国見山も、谷をへだてたむかい側なのに、せりはそこに立つ人たちと話したことがない。それが宿堂守《しゅくどうもり》の決まりなのかどうかはわからなかった。トギ爺が、とにかく谷を越《こ》えてはならないとしかいわないからだ。

それから五日ほどして、ときどきやってくる道の者が泊《と》まった。山から山へと薬草を求めて移動する薬師《くすし》であった。どこそこの山や谷にどのような薬草が今年も生えているとか、どこそこの薬草は今年はだめだとか、そういう情報を売るのが主な仕事らしかった。めったにとれない貴重な薬草を発見したときだけ収穫《しゅうかく》する。けっこうな金になるらしく、そんなときにはトギ爺《じい》には酒を、せりにはきれいな色のひもなどを持ってきてくれた。

宿堂《しゅくどう》に泊《と》まる道の者は、ほんとうの名は明かさない。トギ爺はその薬師をクスさんと呼《よ》んでいたから、せりもそう呼んだ。

クスさんはいつも木箱を背負《せお》ってやってきた。体からはほのかに薬草のにおいがした。せりはそのにおいがきらいではない。昼間は暑いくらいの季節だが、山の上は夜になるとまだ冷える。囲炉裏《いろり》にたきぎをくべて、クスさんは暖《だん》をとりながらよもやま話をしてくれる。せりはそれが楽しみでもあった。

その晩《ばん》も、奈良《なら》の都で天をつくような仏像を建立《こんりゅう》しているという話を聞いた。天皇様《おおきみ》の命令で、もう何年も前から工事をしているのはせりも知っていた。都の華《はな》やかさとともに、工事にかりだされる人々の苦労や不満を、道の者たちは囲炉裏のそばで語っていった。うちつづく災害や疫病《えきびょう》、政変などの世のみだれを、仏の力によって鎮《しず》めてもらおうと天皇様は考えられたという。

そのために巨大な仏像を造っているらしい。毘盧舎那仏《びるしゃなぶつ》というすべての人を救う力をもった仏《ほとけ》だという。だが、その建立のために莫大《ばくだい》な資金が必要となり、けっきょく税が高くなって人々の苦しみがますだけだった。「ばかみたいにでかい仏を造ったたって、それで世の中を救えると思ってんのかね、天皇様はよう」と、道の者の多くはなげくのだった。

だが、今日のクスさんの話はちょっとちがった。

仏僧《ぶっそう》の行基《ぎょうき》が大仏勧進《だいぶつかんじん》にとりたてられて、それが大成功し、いよいよ大出世するだろうという話だった。大僧正《だいそうじょう》という最も高い僧侶《そうりょ》の地位を、天皇様からさずけられるらしい。都だけでなく、平地の民の間では、そのうわさでもちきりだという。

大仏造営《だいぶつぞうえい》のための資金難《しきんなん》で頭を悩《なや》ませていた朝廷《ちょうてい》は、民衆《みんしゅう》に人気のある行基を利用したのだった。勧進《かんじん》というのは、神社仏閣《ぶっかく》を建立《こんりゅう》するために、多くの人々から金品を集めることである。金品を差しだせば、神仏に救われるというのがその見返りであった。

行基《ぎょうき》は仏僧《ぶっそう》であったが、平民のために身を粉《こ》にして働くことで人気があった。それは亡《な》き山上《さんじょう》様（役小角《えんのおづぬ》）とよく似ていた。山上様が朝廷《ちょうてい》ににらまれ迫害《はくがい》されたように、行基もはじめは朝廷からうとまれ迫害された。仏僧は朝廷や国のために働くのが役目であり、民衆のために働くものではない。けれども、行基は飢饉《ききん》や日照りで苦しむ平民のために、さまざまな工事を指揮《しき》した。ため池を作ったり、橋をかけたりして、人々の暮《く》らしを豊かにしようとしたのだ。

行基が声をかければ、そうした工事に農民や工人たちが無償《むしょう》で集まってきた。こうして久米田《くめだ》池や狭山《さやま》池などができ、日照りでも田に水をひくことができるようになったのだ。山上せりの両親も、その狭山池の工事に力をかそうと出かけた。もちろん無償である。山上様がおやりになられていたことを、行基様がおつぎになられた。いや、山上様の魂《たましい》が行基様に乗りうつられたのだ。そんなふうに考えるものが多かった。せりの両親もそうであった。不幸なことに事故で命を落としたが、宿堂《しゅくどう》に泊《と》まる道の者たちは、こぞってせりの両親を英雄《えいゆう》のようにほめそやす。もちろんその娘《むすめ》であるせりのことを、わすれ形見として丁重《ていちょう》にあつかってくれた。この宿堂への宿泊者《しゅくはくしゃ》が多いのは、亡《な》き両親の威徳《いとく》をしのんでということもあったようだ。

クスさんもそうした一人であった。行基のために薬草をただで寄進したこともたびたびある。だが今夜のクスさんには、べつの思いがあるらしかった。すこし声をひそめた。

「行基様は、出世なさりたかったのだろうか。わしはそうは思いたくない。若《わか》いころの行基様は、ぼろぼろの粗末《そまつ》な法衣《ほうえ》で、わしらとともに土や岩を運び、病の者には薬をおしみなくあたえ、天と地の理や、農作物の収穫《しゅうかく》をふやす方法なんぞを、なんの見返りも求めずに教えてくださった」

トギ爺《じい》はこうした話にはいつもだまっているだけだった。いくら行基がすぐれた業績をあげようと、そのことで息子《むすこ》夫婦が亡《な》くなったのだ。心の奥底《おくそこ》では、行基《ぎょうき》のことをうらんでいるのかもしれなかった。もちろんそうした気持ちは、おくびにも出さない。

思いつめたように語ったクスさんに、トギ爺《じい》はいつになく深くうなずいた。納戸《なんど》の奥《おく》にしまっておいたにごり酒をもってきて、クスさんの椀《わん》に注ぎいれた。クスさんはおどろいた顔をしたが、礼をつくすようにうなずいて酒を口にふくんだ。

トギ爺はめずらしくものをいった。

「出世するのはいい。だが、人は出世してからがほんとうに試《ため》される。これからが行基の仕事だ。六十をすぎてからの仕事は、なかなかたいへんじゃろな」

トギ爺は、行基と呼び捨てにした。せりの心臓《しんぞう》がどくりと音を立てた。

クスさんは、椀に残った白い酒をトギ爺にうながした。返杯《へんぱい》なのだろう。

「あんたは、かわらぬ。魂《たましい》の底の底まで、筋金《すじがね》入りのサンガニパタだな。わしみたいなちゅうとはんぱがいちばんいかん。ところで、せりはいくつになった。秋にきたときとくらべるとすっかり姉御《あねご》さんになったが」

囲炉裏《いろり》のそばであぐらをくんですわっていたせりは、思わず肩《かた》がびくっとなった。姉御さんなんていわれたのははじめてだった。

「まだまだおぼこだ」とだけトギ爺はいって、椀の酒に口をつけた。

クスさんは、囲炉裏の火を見ながらいった。

「サンミどのとナズナさんが亡くなったとき、まだつかまり立ちできるかどうかの赤子だったから、もう十四、五になるか。月日のすぎ去るのははやいもんだ。実はわしにも孫ができてな、淡路《あわじ》の加太崎《かだざき》に息子が居《きょ》をかまえた」

「そうか。居をかまえたか。山をおりたのだな」

「足ぬけをしたわけではないが、息子はサンガニパタであることに誇《ほこ》りはないようだ。そんなわけだから、孫はいずれ、平地のものになるだろうな」

トギ爺は、だまってうなずくだけだった。

クスさんはふっと息をついで、話をかえた。

「国見山《くにみ》のギシンさんが、そろそろ代がわりをするみたいだな」

「今日は旗ふり石に立っていた。あそこにはせがれがいるから、移譲《いじょう》はとどこおりなく進むだろう」

「トギさんはどうするつもりだ」

クスさんはそういって、せりをちらりと見た。

「わしはまだ元気だ。ゆるりと考えるさ」

トギ爺《じい》が無精《ぶしょう》ひげをなでながらいうと、クスさんはうなずいた。

「そうだな。あせることはない」

クスさんはそういうと、おおきなあくびをした。それで話は打ちきりということだった。

クスさんのいいかたには、なにか微妙《びみょう》にひっかかるものがあった。それがなんなのか、せりにはわからない。だが、これまでにないもののいい方だった気がする。

せりは自分の行く末《すえ》を自分なりに考えていた。母鬼村《ははおに》で巫女《みこ》をしているトジ婆《ばあ》は、せりを跡《あと》つぎにしたいらしい。年も年なので、はやく巫女修行《しゅぎょう》をさせたいみたいだ。トギ爺はなぜか首をたてにふらなかった。だからといって、旗ふりの仕事を教えるわけでもなく、宿堂《しゅくどう》の跡つぎになれともいわなかった。せりはできればそばにいて、年老いていくトギ爺のめんどうをみながら暮《く》らしていきたい。だけど、トギ爺はそういうこともいってくれなかった。

翌朝、クスさんはいつものように出立《しゅったつ》した。せりもいつものように尾根筋《おねすじ》まで見送るつもりだった。だがトギ爺に止められた。今日は修験者《しゅげんじゃ》の一団が宿泊《しゅくはく》するので、予備の水がめにも水をはる必要がある。朝のうちに水くみをしてしまうようにといわれたのだった。

せりはそれにもなにかがひっかかった。

だが、そのあとの仕事のいそがしさにとりあえずはわすれた。夕刻《ゆうこく》、七人の修験者が到《とう》着《ちゃく》した。千里駆《が》けという難行《なんぎょう》をしている一団であった。百里ずつを十回にわけて山々を踏《とう》破《は》していくらしい。その十回目に挑《いど》んでいる七人だった。頬《ほお》はこけ、死相のようなものが出ている者さえいた。

宿堂《しゅくどう》につくと、かれらはまず御堂《みどう》におまいりした。板ぶきの小さな堂には、山上様《さんじょう》と竜樹菩薩《りゅうじゅぼさつ》、蔵王権現《ざおうごんげん》がまつられている。のどのさけんばかりの読経《どきょう》だが、すでに七人の声は疲労《ひろう》でかすれていた。

脚絆《きゃはん》をといて宿堂にあがると、彼《かれ》らは山菜汁《さんさいじる》を何杯《ばい》もおかわりした。雑穀《ざっこく》のまざったかゆは一杯だけ食べた。それからすぐに寝《ね》た。囲炉裏《いろり》のそばでの雑魚寝《ざこね》であった。せりは奥《おく》の部屋で寝たが、彼《かれ》らのものすごいいびきで、ほとんど眠《ねむ》ることができなかった。

まだ夜も明けていない時刻《じこく》に、彼らは出立《しゅったつ》していった。トギ爺《じい》とせりは、鬼石山《おにいし》の尾根《おね》道《みち》まで見送りをしたが、彼らの飛ぶような歩き方にはさすがのせりもおどろいた。あんなにつかれていたのに、それがうそだったみたいなはやさと頑健《がんけん》さだった。けれども命をけずりながらの千里駆《が》けなのだ。そうやって死のふちまで行き、おのれをきたえ、神仏《しんぶつ》の声を聞けるところまで修行《しゅぎょう》していく。できなければ死があるのみ。すべて、世の苦しむ人々の力になるため、自らを高めていこうとしているのだとトギ爺はいった。それから、ひさしぶりにサンガニパタのことを語った。

サンガニパタは、修験者《しゅげんじゃ》になる者もいれば、それを支える宿堂守《しゅくどうもり》になる者もいる。クスさんのように、薬草にかかわる仕事をして、修験者を支える者もいる。修験者は山駆けばかりをしているわけではなかった。食べて生きていかねばならない。そのひとつが薬を売ることだった。クスさんはその手だすけをしているというわけだ。だからといって、修験者や薬売りなどがすべてサンガニパタだというわけでもない。ではなにがサンガニパタなのかというと、その根幹《こんかん》のところがせりにもわからなかった。そして、どこか遠まわしに、トギ爺はせりになにかを伝えようとしている。まるで、おまえはサンガニパタにはなれないぞとでもいうような。

サンガニパタの話を聞いて、こんな気持ちになったのははじめてだった。自分の立っているところが、急にあやふやになってしまった感じだった。そう感じれば感じるほど、せりはあの若《わか》い男のことが心に浮《う》かぶのだった。

「きのうのお客にふるまったので、菜がなくなった」

せりははじめてトギ爺《じい》にうそをついて谷間の草地へ来た。

六日前と同じく、国見山《くにみ》との間にある草地は、日あたりがよく気持ちのいい風が渡《わた》っていた。またあの役人たちが来るかもしれないと、せりは緊張《きんちょう》したまま山菜をとった。竹のへらで若菜《わかな》をつむと、苦味をおびたよいにおいがする。夏や秋にとれる山菜や木の実にはけっしてない香りだった。若い命のにおいなのだろう。それはまた、口にする人間や動物をも活気立たせる。千里駆《が》けをしている修験者《しゅげんじゃ》たちが、何杯《ばい》も山菜汁《さんさいじる》をおかわりしたのは水分を補給《ほきゅう》するためだけではなかった。

せりは、自分の中にこのごろわきあがってくるものが、こどもからおとなへとうつるもうひとつの命であるような気がしていた。自分の意志がどうであろうと、新たな自分がはじまろうとしているのだった。それは胸《むな》さわぎや感情の起伏《きふく》や、トギ爺へのうそや、説明のつかないもやもやしたものや、いわば混沌《こんとん》とした心のゆらぎのようなものだった。その混沌のもつ力は、若菜が修験者のために役立ったように、誰《だれ》かのために役立つものなのだろうか。そう思うとき、あの若い男の姿《すがた》が浮《う》かんでくる。泣きたいような、そのくせとろけるような甘美《かんび》をともなって、胸《むね》にせりあがってくる。

会いたい。

もう一度、見たい。

けれどもそれは、表情や態度や口に出してはならない。どうしてだか、もうひとつの心がそういっていた。その矛盾《むじゅん》した思いが、すこしずつせりをしばりつけ、窮屈《きゅうくつ》にし、知らぬうちにくちびるをかんでいたりする。

わしはあの男に会いたいわけではない。つぎの客のために菜をとりにきただけだ。と、自分にもうそをついてみたりする。

気がつくと、すでにかごは山菜でうまっていた。草地の花や、こずえでさえずる鳥の声や、日の光を反射《はんしゃ》させて飛ぶ虫や、そうしたものをたのしみながら若菜《わかな》つみをするはずだった。だが、今はもっとたいせつなものができてしまった気がする。

せりはそうした気持ちを打ち消そうと心でもがく。もがきながら、あの男がもどっていった森のほうを見てしまう。

せりはつぎの日も、谷間の草地にむかった。トギ爺《じい》はなにもいわなかったが、きっとせりの変化を感じているはずだ。だけど、せりはどうしても足がむいてしまうのだった。

うすぐもりの空だった。この草地は、昨日までに収穫《しゅうかく》していい量の若菜はつんでしまった。ここから奈良《なら》のほうへくだったところにも草地がある。だが、あの男があらわれた森とは逆方向になる。せりは河内《かわち》のほうへとくだる森のほうをちらりと見て、あきらめたように道を返した。トギ爺にうそをついているのが、たえられなかったこともある。

道をすこしもどり、奈良へとくだる谷に出た。東むきの谷なので、今の時刻《じこく》は日の光ですこぶる明るい。北方向を見ると、国見山《くにみ》が見えた。尾根道《おねみち》が下のほうから蛇行《だこう》しながらつづいている。いったん峠《とうげ》のある谷へおりて、それから国見山へとあがっていくのだ。鬼石山《おにいし》とは距離的《きょりてき》にさほど遠くないのだが、この谷のせいで時間がかかるのだった。そのために連続して宿堂《しゅくどう》が作られていると、いつかトギ爺がいっていた。こんな近くなのに、せりは国見山へさえ行ったことがない。

奈良側の草地につくと、若菜をつんだ。春のいいにおいがする。気持ちがしずまるように楽になった。竹筒《たけづつ》の水を飲むと、もう太陽が真上に来ていた。鬼石山《おにいし》で今ごろトギ爺は旗をふっているころだ。きゅうにトギ爺がなつかしくなって、せりは道をもどりはじめた。

背中《せなか》のかごからは、若菜のいいにおいがしてくる。くもり空がすっかり晴れわたっていた。登りの道は息もはやくなるが、それさえも気持ちがよかった。やっぱり、わしはこういう自分がいい。そう思いながら、国見山のほうを見た。

頂上《ちょうじょう》で旗をふる人が見えた。鬼石山から見るよりも、ここからではかなり近い。こどもにもどったような気持ちで、せりは両手を竹筒《たけづつ》がわりにして国見山を見た。両手の指をしぼりこむと、より焦点《しょうてん》がしぼられ遠くが見られる。

あっ、と声が出た。

いつものギシンさんではない。若《わか》い男だった。いや、ギシンさんらしい男もそばにいた。

せりはまた若い男のほうに両手の穴をむけた。

まちがいない。遠目ではっきりしないが、あの若い男だ。すこしぎこちないが、旗をふっている。国見山《くにみ》で、あの男が旗をふっている。

せりは気づかれるのではないかとおそれたが、「下がり」が終わるまで見つづけた。あの男は、ギシンさんの息子《むすこ》なのだろうか。そういえばクスさんがそんなようなことをいっていた気がする。

せりの心臓《しんぞう》ははげしく打ち、体の内側から火がついたようにほてっていた。

つぎの日から、真昼の旗ふりの時刻《じこく》になるとせりは宿堂《しゅくどう》から姿《すがた》を消した。トギ爺《じい》からは見えないところで、国見山をながめているのだった。

せりのようすがおかしいことは、トギ爺にもわかっていた。だが、年ごろの娘《むすめ》をどうあつかっていいかわからない。トジ婆《ばあ》に相談すると、三日ほどして山にあがってきてくれた。せりの姿を見るなり、トジ婆はおおよそのことは察しがついたようだ。旗ふりの時刻になるとそわそわし、トギ爺が旗をもって宿堂から出ると顔を上気させた。

トジ婆は、原因は旗ふりにあると直感した。わざとせりをおいて、トギ爺について鬼石山の頂上にあがった。原因はすぐにわかった。

トジ婆が宿堂にもどると、やはりせりの姿はなかった。ほどなくしてもどってきたが、トジ婆に見つめられると、罪《つみ》をとがめられた者のようにせりは肩《かた》をちぢめた。

もううそはつけなかった。トジ婆はなみはずれて勘《かん》のするどい人だった。すべてはお見通しなのだ。聞き方も単刀直入だった。

「好いた男がおるのだな」

せりはうつむいたままなにもいわなかった。しかしそれがこたえでもあった。トジ婆《ばあ》とトギ爺《じい》との間で、それからどういう話があったかはわからない。梅雨《つゆ》が来て、やがてまぶしい空に入道雲がわく季節となった。あれ以来、トギ爺もトジ婆も国見《くにみ》山の旗ふりについてはなにもいわない。それがどういう意味をもっているのか、せりには見当がつかなかった。

せりはもう前ほどは国見山をながめることはない。トジ婆とトギ爺に気づかれたかぎりは、臆面《おくめん》もなく若《わか》い男を遠くからながめることなどできなかった。このつらさをどうすればいいかわからなかったが、トギ爺はいずれ話を切りだす気配を見せていた。それまでまて、とせりは自分にいいきかせた。

ところが、思わぬところで男に会えた。トギ爺のつかいで、塩を買いに母鬼《ははおに》村までおりたときだ。用も終えたので、トジ婆に会おうと七大龍王《りゅうおう》神社までやってきた。母鬼の里は、いくつもの山からおりてくる道が集まっている。国見山もそうだった。その道を、男がおりてくるのが見えた。せりはあわてて視線《しせん》をそらしたが、動くことはできなかった。息も苦しいほど心臓《しんぞう》が打ちはじめた。

るのだった。だが、その心臓がさらにひきつるような痛《いた》みとなった。男の後ろから若《わか》い女がついてくるのだった。粗末な貫頭衣であったが、手首と足首にかわいらしい貝殻を結びつけている。

塩の入った布袋《ぬのぶくろ》を背負《せお》ったせりを、男ははじめ村の娘《むすめ》だと思ったようだ。男は視線をあわすこともなく行きすぎた。男も袋を背負っていたが、その革袋《かわぶくろ》からは動物の肉のにおいがしていた。夏の盛りだから、腐敗《ふはい》をふせぐために燻製《くんせい》にしたものだ。こうばしいにおいだった。里に売りにきたのだろう。

ところが、せりの腹《はら》が思わずぐうっと鳴った。腹を手でおさえて、うつむいた。はずかしくて涙《なみだ》が出そうだった。

「鬼石山《おにいしやま》のトギさんところの？」

男は立ち止まりふりかえると、白い歯を見せてそういった。

せりは体をかたくしてだまっていた。

「このごろ姿《すがた》を見せないから、どこか具合でも悪いのかと思っていた」

見られていたのだ。

「だいじょうぶそうだな」

だまっているせりを、あつかいかねたのか男はそれだけいうと去っていった。いっしょにいた娘《むすめ》も、かわいらしい笑顔をせりに見せて遠ざかっていった。なんの悪意もない無垢《むく》な目をしていた。

せりはそこではじめて我《われ》に返った。

なにかいわねば。

あのときのお礼も。

それから、それから。

そう思うが、くちびるはかみしめられたままだった。

男と娘の後ろ姿が遠ざかっていく。

そのとき背中《せなか》から声をかけられた。

「せり。ここは暑いから、中に入り」

トジ婆《ばあ》だった。夏用のうす布のはかまをはいていた。

せりはトジ婆の顔を見たとたん、両目から涙《なみだ》があふれてしまった。


数日後に、トジ婆が山にあがってきた。

トジ婆とトギ爺《じい》とのあいだで、またなにかが話されたようだった。

翌日から、日に三度の旗ふりに、せりも同行するようにとトギ爺はいった。

国見山《くにみ》の男にうつつをぬかすよりも、サンガニパタを継《つ》ぐために修行《しゅぎょう》しろということだろうか。

しかしせりの頭の中は、あの男と娘のことでいっぱいであった。二人は夫婦なのだろうか。

か。それともあの子は恋人《こいびと》なのだろうか。そんなことばかりを考えてはため息をつくのだった。そして、そんな自分がいやでいやでたまらなかった。

心を入れかえよ。トギ爺《じい》はそういいたいのだろう。せりは鬼石《おにいし》山の頂上《ちょうじょう》についていくしかなかった。トギ爺から遠目のための竹筒《たけづつ》をわたされた。否応《いやおう》なく見るしかなかった。

国見《くにみ》山の男は、このごろは一人で旗をふるようになっていた。

「父親のギシンは引退し、息子《むすこ》のギキョウに仕事を移譲《いじょう》したのだ」

トギ爺ははっきりといった。

ギキョウという名なのだ。せりはその名をはねつけたい思いもあったが、あらがうよりさきに胸《むね》にきざみついてしまった。

ギキョウもこちらを見ている。せりは身のおき場もないほどにはずかしかった。そのくせうれしかった。あの男は、ギキョウという。名がわかると、男がすぐそばにいる気がした。一方で、いったいなにをわしは考えているのだと、矛盾《むじゅん》した思いにさいなまれるのだった。

今は暑い盛りなので、トギ爺は上半身裸《はだか》で旗をふった。国見山のギキョウもそうだった。

遠目だが、たくましい胸《むね》の厚みがまぶしかった。年老いてきたトギ爺の胸は、くらべると悪いがしなびてきている。そんなことをふと思う自分に、せりはまたおどろくのだった。

トギ爺が、まるでとってつけたようにいった。

「ギキョウには妹がいる。たしかおまえと同い年のはずだ」

せりは「えっ」と思わず声を出してしまった。

トギ爺はなにも気づかなかったふりをして、竹筒で国見山を見ていてくれた。


そうして秋が来た。

山の上は急速に冷えていき、木々の葉も色づきはじめた。春とはちがう木の実やきのこ類が太ってくる。繁殖期《はんしょくき》を終えた鹿《しか》や猪《いのしし》の猟期《りょうき》とも重なって、山で生きる人間にはいそがしい季節となった。せりはトギ爺《じい》とともに、冬を越《こ》すための食料確保《かくほ》に山々を駆《か》けめぐった。それだけではない。暖《だん》をとるためのたきぎ、冬物の毛皮の上着や深履《ふかぐつ》、用意しなければならないものはかぎりなくあった。

けれども日に三度の旗ふりは、毎日とぎれなくつづいた。トギ爺はこれまでとちがい、旗をふるときも、相手がふるのを見るときも、いちいちその意味をつぶやいた。もしもおぼえる気があるなら、せりよ、学べ。そういう教え方だった。

幼《おさな》いころから見てきたので、旗のふり方はわかっていた。それがどういう意味を持つかがわからなかっただけだ。旗のふり方には十二種類ある。上、下、左、右、前傾《ぜんけい》、後傾《こうけい》の六種類を、腰《こし》の基点《きてん》から上半分と下半分で動かすと十二種類となる。これに左右のななめ、左右の回転、扇形《おうぎがた》のゆらしの五種類を組み合わせ、ぜんぶで六十種類の記号となった。それらをつなげればことばになる。ただ、そのことばは特殊《とくしゅ》なもので、サンガニパタのことばらしい。

もうひとつの枝葉や両手などでやる通信は、基本は同じだが、せりたちがふだん使っている言葉になおせた。女房《にょうぼう》の腰布《こしぬの》でふるときは、赤子が腹《はら》に宿ってうれしいとか、榊《さかき》の葉をふるときは、親が神上がり（死）して悲しいとか、機微《きび》にふれて選ぶものだった。

これから冬をむかえ、道の者たちのおとずれも少なくなる。ときには雪がつもり、宿堂《しゅくどう》から出られなくなる日もやってくる。囲炉裏《いろり》の火は、寒さのためだけでなく、屋根裏《うら》につるした肉の燻製《くんせい》のためにも絶えることはなかった。

そうした夜のことだった。

音の絶え果てたようなしずけさの中で、囲炉裏の火を見ながらトギ爺が語りはじめた。もともと口の重い男であったから、とつとつとしたものであった。けれど単刀直入でもあった。そしてそれはいきなりであった。

せりの両親は、サンガニパタではないという。皇族《こうぞく》の長屋王《ながやおう》という人につかえる役人で、大和人《やまとびと》であった。長屋王は政変によって自殺に追いこまれ、その家族もまた首をくらされた。身の危険《きけん》を感じた夫婦は、いちはやく都から逃《に》げようとしたが、鈴鹿《すずか》の関、不破《ふわ》の関、愛発《あらち》の関、いずれもすでに警固《けいご》の者によって閉じられていた。

夫婦はしかたなく、山へと入った。そうしてトギ爺《じい》の宿堂《しゅくどう》へたどりついたという。ときの天皇《おおきみ》によって、長屋王《ながやおう》の家来や従者《じゅうしゃ》は罪《つみ》に問われないことになったが、夫婦はそのまま宿堂に残った。都でのこうした政変は、くりかえしおきて絶えることがない。そのほとんどが、うそをぬりかためたような密告《みっこく》、讒言《ざんげん》であった。今度の長屋王の場合は、呪術《じゅじゅつ》をもって天皇を呪《のろ》い殺そうとしているという密告であった。権力《けんりょく》を手にしはじめた長屋王をねたんだ藤原《ふじわら》一族の陰謀《いんぼう》であったらしい。そういう世界で役人として生きていくのがいやになり、赦免《しゃめん》を知ったあとも夫婦はここにとどまった。長屋王は仏《ほとけ》の教えを信仰《しんこう》する人で、夫婦もまたその信仰《しんこう》をあつくしていた。トギ爺や道の者たちの生き方にも感銘《かんめい》を受けたようで、仏の道と同じ道がここにはあると夫婦は考えた。

そうしてしばらくここで生きることにした。夫婦の生き方はサンガニパタよりもサンガニパタらしいものだった。よく働き、心身の潔斎《けっさい》によくつとめた。だが、夫婦はサンガニパタのことは知らなかった。知らなかったが、旗ふりや修験者《しゅげんじゃ》とのかかわりで、トギ爺たちが異種の一族であることは気づいていたようだ。つまり、大和《やまと》とはちがう国のようなものを、この山々の上にもっていると。

だが夫婦はそのことに違和感《いわかん》はなかった。役小角《えんのおづぬ》を山上様《さんじょうさま》と敬称《けいしょう》するように、トギ爺たちは仏教《ぶっきょう》を基本《きほん》とした自然信仰《しんこう》をもっていた。ふだんはほとんどしゃべらないが、話せば仏の教えにも深い理解がある。世界を宇宙《うちゅう》としてとらえ、その運行や原理を人間の社会との関係でとらえる視野《しや》のひろさもあった。朝廷《ちょうてい》や豪族《ごうぞく》といった権力とは距離《きょり》をおき、だが反発もせず、網《あみ》の目のようにはりめぐらされた情報網《じょうほうもう》をもって協力することもある。その中枢部《ちゅうすうぶ》というか、司令塔《しれいとう》のようなものがどこにあるのかはわからないが、国家転覆《てんぷく》をはかるような不穏《ふおん》な集団ではない。そんなことを夫婦は感じとっていた。

「おまえの両親はかしこい人たちだった。だがわしはサンガニパタであることを明かさなかった。おまえの両親は仏《ほとけ》の教えを道にしていたからな。わしらサンガニパタの道は、世のため人のために、自分の一生を神仏《しんぶつ》にささげ供養《くよう》するものだ。だからわしはおまえの両親にいった。仏の教えの道を歩みたいなら、まずはおまえさんたちの信じるところを歩けばいい。そこが天空《てんくう》の道でもあるからだ。そうすれば、遠くないときにわしらは同じ道で出会えるはずだとな。それを聞いて、夫婦は深くうなずき、狭山《さやま》池の築造《ちくぞう》に参加することを決めたようだ」

「行基《ぎょうき》様のお仕事を手伝うため？」

「いや、世の人々のためにだ。残念ながら、その工事で落石にはさまれ、おまえの両親は死んでしまった。遺《のこ》されたおまえのことを、親はもちろん神仏からも託《たく》されたのだとわしは思った。だから、もしもおまえが、サンガニパタになりたいというなら、そうなれるようにと育ててきた。決めるのはおまえだ。サンガニパタになれば、この山で生涯《しょうがい》を終える。短い旅ならゆるされるが、はるかな地へとでかけることはゆるされない。それがこの山をあずかるサンガニパタの一生だ。若《わか》いときは遠くへ行きたいものだ。わしも若いころはそうだった」

「トギ爺《じい》も？」

「そうだ。だが、一度山を捨てた人間は、もう二度とサンガニパタとしては生きられない。わしは自分の父親に、ケンミ役のようなサンガニパタの仕事をしたいといったことがある。そしたら父親は、学びが足らないからそういうことをいうのだと怒《おこ》った。たしかにそうだ。わしは、自分の見聞をひろめたり、自分の人生を自分のために生きたいと願ったりしたわけだから。それは悪いことではない。だが、サンガニパタのめざすものではない」

ケンミ役というのは、山々の宿堂《しゅくどう》をたずねて、暮《く》らしや通信がとどこおりなくおこなわれているかを見てまわるサンガニパタである。ほかにもリョウブ役といって、宿堂を継《つ》ぐ者がとだえたところに、新たなサンガニパタを配置する係の者もいた。それらのサンガニパタが、どこからやってくるのか、トギ爺はけっしていわなかった。

たしかにせりにも、見知らぬ世界を見てみたいという思いはある。華《はな》やかな都というのもそのひとつであった。だが、それでトギ爺《じい》と暮《く》らせなくなるとか、それでギキョウに会えなくなるとかだったら、わしはここで生きていたい。そのほうがきっと幸せなはずだ。トギ爺のいうように、それは世のため人のためではなく、自分の心を満足させるためだろう。それならサンガニパタとしてではなく、トギ爺の孫として、ギキョウにあこがれるせりとして、この山の上で。

両親が大和人《やまとびと》であったということに、それほどの衝撃《しょうげき》はなかった。むしろ淡々《たんたん》と聞けたくらいだ。生まれてずっとここで生きてきたからだろう。ただ、トギ爺のいうようなサンガニパタには、それほどなりたいとは思わなかった。それは自分の中に、大和人の血が流れているせいだろうか。

だまっているせりを見て、トギ爺はその心をはかりかねているようだった。囲炉裏《いろり》の火《ほ》かげが二人の顔をゆらしていた。トギ爺はふと立ちあがると、寝屋《ねや》の納戸《なんど》の奥《おく》をさぐり、木箱をとりだしてきた。ふたをとると、古びた書物があらわれた。

こよりで結ばれたものを解くと、トギ爺は中を開いた。

「スタニパタというものだ。わしらサンガニパタの経典《きょうてん》とでもいうべきものだ」

見たこともない文字がならんでいた。せりはもともと文字は読めないが、都人や道の者たちが「文字」というものをつかうのは知っていたし見たこともある。だが、それとはぜんぜんちがうもので、線や点がやわらかく、一文字一文字がおどっているような形だ。もちろん、まったく解読できない。

せりはめずらしそうに見つつも、首をかしげた。

トギ爺はうなずいた。

「わからないのも当然だ。だが、心配ない。この表を見ながらだったら、すこしずつ読めるようになる」

トギ爺は、書物にはさんでいた一枚《まい》の紙を開いた。線を組み合わせたものが、縦横《たてよこ》六十ほど書かれてあった。旗ふりと同じ動きを線であらわしたものであった。いわゆる母音にあたるものが縦《たて》一列に七つ。その列にそって、子音をふくんだものが横にならんでいた。五十音図のようなものであるが、サンガニパタの文字は、濁音《だくおん》や拗音《ようおん》、促音《そくおん》などもふくんで六十であった。もちろんせりにそういう知識《ちしき》があったわけではない。単純《たんじゅん》に、旗ふりのイメージと重ねあわせて、それがどの「音」であるかと教わっただけだ。

「このスタニパタが読めるようになったとき、おまえの行く末《すえ》を決めろ。わしのことは気にするな。おまえがいなくなっても、わしのあとを継《つ》ぐ者はいる」

せりはトギ爺《じい》のそういういい方がさびしかった。どうして、ずっとそばにいてほしいといわないのだろう。だが、それもトギ爺のやさしさであり、思慮深《しりょぶか》さであることもわかっていた。

けれどせりは、ほぼ心を固めていた。たとえ両親が大和人《やまとびと》であろうと、生まれたときからせりはこの山で暮《く》らしてきた。トギ爺から、人が生きるためにたいせつなことは学んできたつもりだ。そのたいせつなことは、サンガニパタであるかどうかではない。この天と地を接するところで生きていくことそのものだ。だからこそギキョウにも出会えたのだと。

翌日からも、トギ爺は旗ふりのときはかならずせりを同行させた。旗ふりはトギ爺がするが、せりにその意味を解読させた。

トギ爺の説明によれば、この国にはこうした旗ふり信号の天空《てんくう》の道が、あちこちにはりめぐらされているという。鬼石《おにいし》山は、瀬戸内《せとうち》の淡路《あわじ》島から沖《おき》ノ島《しま》を経て、加太崎《かだざき》から和《い》泉《ずみ》・金剛葛城《こんごうかつらぎ》・生駒《いこま》をつなぐ線の一部であった。四国や中国、紀伊《きい》や鈴鹿《すずか》の山稜《さんりょう》を経て、日本海側や伊勢《いせ》、尾張《おわり》へと通じる道もある。それら天空《てんくう》の道を使って、なにが通信されているのか。

せりが解読できた通信の内容は、多岐《たき》にわたるものであった。トギ爺の補足《ほそく》があってはじめてわかるものが多く、たとえば「上がり」だったら瀬戸内の船の出入りについてなどがそうだった。外国からの使節を乗せた船や、しばらくとだえていた遣唐使《けんとうし》用の船についてなど、速報的なものが多かった。このごろめずらしく「下がり」が頻繁《ひんぱん》にあったが、紫《し》香楽《がらき》から奈良《なら》に都がもどったことにかかわることだった。すると「上がり」で、兵庫《ひょうご》から武器の搬入《はんにゅう》がはじまるとの返信が来たりした。

こうした情報は短文のものが多く、すぐには意味がつかめない。長い期間を経て通信していくうちに全体の流れがつかめていくのだという。ときには国家の中枢《ちゅうすう》にかかわることや、政治や犯罪《はんざい》にかかわることまでふくまれた。つまり誰《だれ》でもがサンガニパタになれるのではない。勝手に足ぬけすれば、命を落とされることもある。

たとえば長屋王《ながやおう》の事件は、ほら貝と火ふり信号でその夜のうちに各地に伝えられた。夜間の緊急《きんきゅう》の通信である。だからその直後に逃《のが》れてきた夫婦を泊《と》めたということは、トギ爺《じい》はすべてを理解したうえでということになる。サンガニパタは、権力《けんりょく》の根幹《こんかん》にかかわる情報も通信し、またそれを情報として売りもするが、権力そのものからははなれていた。そのめざすものは、世の中の無用な混乱《こんらん》をおさめ、神仏《しんぶつ》の教えに導《みちび》かれる太い道へと流れをもどすことにあった。

だから、サンガニパタは、よほどのことがないかぎり足ぬけすることはできない。するとすれば、三代をかける。祖父の代で足ぬけを決心し、それをケンミ役に伝え、その子、孫と、三代かけて情報や旗ふりの技術をとだえさせていくのだ。

逆に一般《いっぱん》のものが正式にサンガニパタになることはほとんどない。せりのような場合は特別らしい。生まれたときからサンガニパタのもとで教育されてきているからだ。

「おまえがサンガニパタになるとしたら、わしの跡《あと》つぎという形しかない。つまり、一生をここで暮《く》らすということだ。あるいは、おまえがサンガニパタの男と結ばれるというのは、同じように一生を山で暮らすということだ」

トギ爺ははっきりとそういった。

やがて全山が紅葉《こうよう》した。

今年の紅葉《こうよう》はなんとも美しかった。燃えあがるような紅《くれない》や、赤や朱《しゅ》、明るい黄から深い朽《く》ち葉色まで、あらゆる秋の色彩《しきさい》を山にぬりこめたようだった。

ひさしぶりにトジ婆《ばあ》が鬼石山《おにいしやま》にあがってきた。夕刻《ゆうこく》の旗ふりのとき、トジ婆は宿堂《しゅくどう》に残れとせりにいった。囲炉裏端《いろりばた》にすわり、トジ婆は口をひらいた。

「心は定まったか」

せりはうなずいた。もともと決まっていたのだ。

トジ婆はわずかに眉間《みけん》にしわをよせ、一瞬《いっしゅん》だがさびしげな顔をした。けれどすぐに口もとをゆるませ、むかいにすわるせりを見た。

「国見山《くにみやま》のギキョウは、おまえの三つ上だ。サンガニパタとして、嫁《よめ》をもらっていい年齢《ねんれい》になった。明日、おまえにむかって旗をふるそうだ。決めた心を、返してやれ」

せりはうつむいたままこたえなかった。とうとうやってきたのだ。

ほとんど眠れないまま朝をむかえた。

おそろしいほど空はすみわたり、山々は錦《にしき》に燃えあがっていた。トギ爺《じい》とトジ婆と三人で山頂《さんちょう》にむかった。とちゅう、トジ婆が真紅《しんく》の紅葉《もみじ》の枝を切りとって「これでこたえろ」と手渡《てわた》してくれた。まるで血潮《ちしお》で染《そ》めたような明るい赤だった。

朝の「上がり」と「下がり」が終わり、せりたち三人は国見《くにみ》山を再度ながめた。遠く、こちらにむかって仁王立《におうだ》ちする男の姿《すがた》があった。男の手には、鈴《すず》なりの山柿《やまがき》の実をつけた枝がにぎられていた。男はその枝をふることはなかった。そのかわり、柿のなる枝をもっておどった。舞《まい》というほど華麗《かれい》なものではなく、ただひたすらよろこびをあらわすような全身のおどりであった。色づいた柿の実もいっしょに、小おどりするようにゆれている。

せりは思わずわらってしまった。

昨夜は眠れぬまま、せりはずっと考えていた。心は決まっている。あのギキョウと結ばれたい。だが、いっしょに暮《く》らすことはむずかしかった。年老いていくトギ爺をおいて、国見山へ行くことなどできなかった。だからといって、ギキョウをわすれることもできそうにない。この世ではじめて、肌《はだ》にふれてみたいと焦《こ》がれた男だ。ギキョウにだって年老いた親がいる。それをおいて、鬼石山《おにいし》に来ることはできないだろう。だったらこたえはひとつしかない。わしはこの鬼石山で生きていく。トギ爺《じい》が動けなくなれば、かわって自分が旗をふる。だから、いっしょに暮《く》らすことはできない。でも、この心はおまえのもとにある。

それはサンガニパタとしてではなく、ただの女のせりとしてだ。トギ爺の望むようなサンガニパタに、自分はなれそうにない。スタニパタをすこしだけ読めるようになったが、わしにはだいぶきゅうくつな教えだ。ただ、この山と空の間で、昨日から明日へと生きていきたいだけだ。

せりは紅葉《もみじ》の枝をもち、頭上で大きく回転させ、つきあげた。

ナニモナシ。

通信すべき情報がとくにないという意味のふり方であった。だが、せりは何度も回転させた。懸命《けんめい》に、ナニモナシと伝えつづけた。背後《はいご》にいるトギ爺とトジ婆《ばあ》は、不可思議なふり方をするせりを、息をのんで見つめるしかなかった。

せりはさらにふりつづけた。

国見山《くにみ》のギキョウは、思いをこばまれたと解して、はじめは呆然《ぼうぜん》としていた。だが、やがて反応した。せりと同じように、柿《かき》の枝をかかげて回転させはじめた。

ギキョウには通じている。

せりはギキョウの反応を見て確信した。


ギキョウ。わしはサンガニパタにはならないつもりだ。だからサンガニパタとしておまえに伝えられる思いはなにもない。だけど、わしはふりつづける。今のわしには、それしかこたえがない。この世ではいっしょになれないかもしれないが、わしは、ときを越《こ》えて、おまえを呼《よ》びつづけるぞ。

谷間をはさみ、黄色い柿《かき》の実と、真紅《しんく》の紅葉《もみじ》がふりつづけられた。

やがてトギ爺《じい》とトジ婆《ばあ》は、「今はこれで上出来、上出来」とうなずいたのだった。

トジ婆が小声でいった。

「春になれば、ミサギに婿《むこ》がくる。兄のギキョウは、それで身軽になる。とっておきのめでたい祝詞《のりと》をあげてやらねばな」

「そのことは、ケンミ役とリョウブ役から、わしも聞いておる」

トギ爺もまた小声でこたえた。

ミサギというのは、ギキョウの妹のことであった。婿《むこ》をとるらしい。だが、今はまだせりはそのことを知らない。

柿の実と紅葉が、まるで谷間をへだてた花のようにふりつづけられているだけであった。

三の章

凍《い》て蝶《ちょう》のこと

5 JR山陰線《ジェーアールさんいんせん》

悠真《ゆうま》は旗ふり通信について検索《けんさく》してみた。

古来、人間はさまざまな方法で、遠くにいる者に意志や情報を伝えようとした。

たとえば、狼煙《のろし》。凧《たこ》も信号に使ったという。ほら貝や笛なども、音を信号にして遠くまで届けられる。

そのなかでも旗ふり信号は、最も効率よく迅速《じんそく》に伝達する方法としてたしかに存在《そんざい》した。日本で有名なのは、米相場の値《ね》を知らせるものである。

この旗ふり信号を発明したのは、江戸《えど》時代の商人、紀伊国屋文左衛門《きのくにやぶんざえもん》だといわれている。大坂《おおさか》の米相場で値が決まると、旗ふり師が旗をふって、山の上にいるべつの旗ふり師に伝えた。こうして山から山へと情報を伝達していく。今でも旗ふり山という名の山が各地にあるが、それは往時のなごりであるという。

現在では、株式《かぶしき》や円やドルといった相場の値を、インターネットやテレビ、ラジオなどで瞬時《しゅんじ》に知らせる。こうした情報ははやければはやいほど商売には有利なのだ。

では山から山へと旗ふり師によって伝えられる情報速度は、どのくらいであったのか。

ちなみに大阪《おおさか》からだと、京都《きょうと》までなら四分、岡山《おかやま》なら十五分、東京《とうきょう》までなら一時間四十分。最速で時速七百キロになるという。

このように、日本で記録に残っている最初の旗ふり信号は江戸時代である。しかしこんな単純《たんじゅん》な方法を、それまで誰《だれ》も気づかなかったのだろうか。

幻想《げんそう》で見た旗ふり信号は、もっと古い時代のことだが、あってもおかしくないと悠真は思った。

まさに情報を制する者が世界を制する。それは今も昔もかわりがない。情報を伝達する技術や知識《ちしき》に長《た》けた者たちは、権力者《けんりょくしゃ》にとって非常に役立つ存在であったろう。現在でも企業《きぎょう》や国家にとって、情報部門はもっとも重要なセクションである。しかしそれは、ひとつまちがえば恐《おそ》ろしい存在《そんざい》にもなる。

彼《かれ》らに権力《けんりょく》をうばわれないようにするにはどうすればいいか。ときの権力者たちは考えぬいたことだろう。そのひとつの方法が、彼らを「陰《かげ》」の者にしていくことだった。けっしておもてには出さない。鬼《おに》や忍《しの》びの者は、そうして作られていったのではないか。悠真《ゆうま》はそんなことを考えた。

ただ、葛城山《かつらぎ》で幻想《げんそう》を見たあと、モンキチョウはあらわれなくなった。つれあいを見つけ二匹《ひき》になったことで、悠真もどこかほっとしていた。

あのせりとギキョウは、きっと幸せになったことだろう。

弓道部《きゅうどうぶ》の夏合宿は、七月二十六日からの三泊《ぱく》四日であった。

場所は兵庫《ひょうご》県の香美《かみ》町にある大城山荘《おおしろさんそう》。山奥《やまおく》にある宿だが、高校や大学の弓道部には大人気の合宿所である。六人立てから八人立ての弓道場が四棟《むね》も完備されている。高校の夏合宿といえば八月だが、とにかく予約がとれた日程《にってい》に合わせて、今年は七月末《すえ》となったのであった。

JR《ジェーアール》二条《にじょう》駅に九時集合。夏の太陽は朝から容赦《ようしゃ》がない。駅舎内にあるコンビニ前がすずしいので、みんなは自然とそこに集まった。

悠真は、二条駅に来るのは去年の合宿以来ということになる。そのせいかどうかわからないが、みょうになつかしい気がした。

全員そろったところで列車に乗りこんだ。そのとたん、悠真は気分が悪くなった。バスや電車で酔《よ》ったことはないのに、胃のあたりがむかむかする。列車が動きだすと、冷《ひ》や汗《あせ》が首筋《くびすじ》から背中《せなか》にかけて流れた。

となりの席の島崎友也《しまざきともや》が声をかけてきた。

「しんどいんか」

「ちょっと酔《よ》ったみたいだけど、だいじょうぶ」

列車は京都《きょうと》の市街地をすぎ、嵐山《あらしやま》から保津峡《ほづきょう》へと入った。すずしげな渓谷《けいこく》と川の景色《けしき》がよかったのか、気分はすこし楽になった。トンネルをぬけ、亀岡《かめおか》の市街地へと入り、そこからまた谷間のようなところを列車は走る。夏のかがやく山々と、明るい田畑や農家が見えた。この景色にも、やはりなつかしさがあった。去年も乗った列車だから、あたりまえといえばあたりまえである。

ところが、また気分が悪くなった。奥歯《おくば》をかみしめていないとめまいがしそうだった。園部《そのべ》の市街地を出ると、ほどなくして線路にそって川が見えてきた。由良《ゆら》川である。この川にも見おぼえがあった。だが、それは去年のことではない気がした。もっとちがうときだ。

気分も悪い。なにか嫌《いや》な幻想《げんそう》が見えてくる予感がした。

それはちょっとまずい。ここは列車の中なのだ。みんなもいる。

落ちつけ。

悠真《ゆうま》は自分にいいきかせ、腹式呼吸《ふくしきこきゅう》で気持ちを落ちつかせた。

列車は由良川の鉄橋をわたり、綾部《あやべ》駅に着こうとしていた。盆地《ぼんち》のようなところに市街地がひろがっている。車窓《しゃそう》からは、町並《まちな》みのむこうに小高い丘が見えた。豊かな樹木《じゅもく》におおわれ、大きなかわら屋根が見えた。寺か神社でもあるのだろうか。そのとたん、悠真は思った。

あの丘を知っている！

みょうななつかしさがあった。

やがて列車は綾部駅にすべりこみ、数分後にまた出発した。ふたたび車窓から市街地と小高い丘が見えた。

ぐらっと風景がゆれた。列車がゆれたのではない。めまいだった。悠真は目を閉じ、さらにゆっくりと呼吸をした。

友也《ともや》が声をかけてくる。

「ほんまにだいじょうぶか。マネージャーにいって、酔《よ》い止め薬でももらってこようか」

「いや、だいじょうぶ」

「つぎの乗りかえの福知山《ふくちやま》まで、十分くらいやし」

「わかった。サンキュー。たいしたことないから」

そういって、悠真《ゆうま》はまた目を閉じた。

呼吸《こきゅう》を整えたせいか、めまいはおさまってきた。

けれど目を閉じた暗闇《くらやみ》に、光の輪のようなものが見えていた。それが中心部にむかってすぼまるように小さくなって消えていく。その瞬間《しゅんかん》、また新たな光の輪ができて、すうっと遠ざかっていく。幼《おさな》いころから、眠れない夜にときどき見えたものだ。

その光の輪の中に、また一匹《ぴき》のモンキチョウがあらわれた。モンキチョウは光の輪とともに飛んでいき、そのむこうへと消えていった。まるでひっぱられるみたいに悠真の意識《いしき》もついていった。

そこは朝の光につつまれた山の尾根《おね》であった。

はるかな山脈がどこまでもつづいている。

センソウ。

悠真の頭にそんなことばがひびいた。

6　まれひと

昭和《しょうわ》二十年（1945）

五月になり山々はようやく萌《も》えはじめた。樹木《じゅもく》の若葉《わかば》や花は、まるで光をまとったようにかがやいて見えた。冬のあいだ里へおりていた野鳥たちももどってきた。明るい空とあたたかな日ざしと、こうして生きていることのよろこび。

だが、それは自分で認《みと》めてはいけないことなのだ。

こんなおだやかな山の中にいても、上空を米軍の爆撃機《ばくげきき》や戦闘機《せんとうき》が飛んでいく。町や建物や人々が、爆裂《ばくれつ》で吹《ふ》きとばされ、機銃掃射《きじゅうそうしゃ》で撃《う》ち殺されているのだ。

今日こそは山をおりようと思う。けれども一方で、べつの思いもわきあがる。たとえ山をおりても、すぐにつかまるだろう、そのまま戦場へと送られ、人を殺すことをしなければならなくなる。いや、それよりも、死ぬのがこわい。おれは、なんと卑怯《ひきょう》なやつだろう。

それでいいのか、おまえは。いいはずなんてないさ。そんなことはわかっている。

中村健一《なかむらけんいち》は結論《けつろん》の出ない問いをくりかえし、今日もまたのぼりくる太陽に手を合わせた。

同じようにとなりで合掌《がっしょう》をするニキさんがつぶやく。

「アイさん、きょうも一日おねがいします」

アイというのは太陽のことで、かれらの信仰《しんこう》する神でもあった。

すぐ横にはニキさんの妻であるトシさんもいて、いっしょに合掌をしている。背中《せなか》にはチタという女の子がおぶわれていた。

ニキさんもトシさんも、自分の正確な年齢《ねんれい》を知らない。暦《こよみ》やカレンダーというものをもっていないので、今が昭和《しょうわ》二十年であることくらいしかわかっていない。見た目には、ニキさんは三十歳《さい》くらいで、トシさんは二十歳《はたち》くらいだった。二人とも日焼けした顔で、目と歯が白く光っている。

山の稜線《りょうせん》から見る紀伊《きい》山地は畳々《じょうじょう》として果てがなかった。その果てのない山並《やまな》みのむこうから、太陽神アイが姿《すがた》をあらわす。かれらによれば、夜をぬけてよみがえった姿《すがた》だという。太陽は半日をかけて天空《てんくう》をわたり、そして死ぬ。黄泉《よみ》の国である夜をくぐりぬけ、きよらかな魂《たましい》となってまたこの世にあらわれてくる。かれらはそう信じていた。

太陽神アイは、絶対的な力をもって君臨《くんりん》する世界の王ではない。生まれて空を渡《わた》り、地上に生きるものに自らのエネルギーをふりそそぎ、そして力尽《つ》きて死ぬ。極楽浄土《ごくらくじょうど》や天国に行くわけではない。暗黒の世界に入り、ふたたび世界のために命あるもののために禊《みそぎ》をし、新たなものとして復活するのだった。禊とは、身を清らかな水で洗《あら》いながすことだそうだ。黄泉の国の黄色い泉《いずみ》とは、そうした水のことらしい。

中村健一《なかむらけんいち》がニキさん夫婦と出会ったのは、まだ寒さの残る三月のことだった。腹《はら》をへらし、渓流《けいりゅう》のそばでたおれていたところをたすけてもらった。

去年の十二月に呉《くれ》の海兵団に入ることになっていた。だがどうしても呉には足がむかなかった。もともと気管支《きかんし》が弱く、とても兵隊になれる体ではないと思っていた。それならば、学問で人の役に立てる人間になりたいと勉強に精を出してきた。東京《とうきょう》の大学は空襲《くうしゅう》であぶないとかで、京都《きょうと》の大学に入った。けれど兵役法《へいえきほう》が改変され、徴兵年齢《ちょうへいねんれい》が二十歳《はたち》から十九歳《さい》にさげられた。覚悟《かくご》はしていたが、あまりにもはやい召集《しょうしゅう》に内心おどろいた。日本は負けるだろうとは思っていたが、それはもう間近にせまっているのだとわかった。

実家は愛媛《えひめ》県の海沿いの町にある。郵便局長《ゆうびんきょくちょう》をしていた父親は、去年に定年退職《たいしょく》し、つつましい暮《く》らしをしていた。妹が二人いて、母との五人家族であった。田畑も多少あり、けっして裕福《ゆうふく》ではないが落ちついた暮らしであった。

呉の海兵団に指定された日に行かなければ、すぐに連絡がいくだろう。警察《けいさつ》による捜索《そうさく》がはじまり、家族は肩身《かたみ》のせまい思いをしなければならない。いや、そんなのんきな話ではない。非国民の家、国賊《こくぞく》の家、兵役拒否《きょひ》をした卑怯者《ひきょうもの》の家とののしられ、二人の妹が通う女学校でも、のけ者にされたりいじめられたりするだろう。安い給料をさらに切りつめて、長男を中学、高等学校、大学へと進学させた両親につらい思いをさせることになる。

だが、やはり自分は人を殺したくない。そして殺されたくなかった。天皇陛下《てんのうへいか》の御為《おんため》、国家のために一命をささげよと、こどものころから教えられた。けれども、国家とはなんだろう。命をささげなければならない天皇とはなんだろう。いくら考えても、よくわからなかった。わからないまま兵隊になり、わからないまま人を殺したり、あるいは殺されたりするのがどうしてもいやだった。

それにもうひとつ。松山《まつやま》の高等学校の学生のとき、学問よりも軍事教練が優先された。配属将校《しょうこう》たちは学生たちをにくんでいるようで、まるで虫けらのようにあつかった。いや、学生をというより、学問そのものをばかにしていた。身をささげ、天皇と国家のために命をさしだす軍人こそが、この国でもっとも尊敬《そんけい》されるべきだと思いこんでいた。考えるよりも銃剣《じゅうけん》を敵の心臓《しんぞう》めがけてつきだせ。本を読むよりも匍匐前進《ほふくぜんしん》で敵に一ミリでも近づけ。くだらない小説や詩を読むよりも、突撃《とつげき》の気合いと筋力《きんりょく》を身につけろ。いっさいの個人的欲望《よくぼう》を捨てさり、天皇と国家に全霊《ぜんれい》をうちかたむけよ。そんなことをさけび、自分に酔《よ》っていた配属将校たち。

その将校たちが、松山《まつやま》の料亭《りょうてい》で酒をあびるように飲み、芸者たちをはべらせ、ぜいたくのかぎりを尽《つ》くしていると同級生から聞いた。その同級生の実家が、料亭をしているのだからまちがいはなかった。いったい軍隊とはなんなのだろう。軍人とはなんだ。天皇や国家のために戦うとはどういう意味があるのか。

そうした理屈《りくつ》をこねるような人間は、軍隊では徹底的《てっていてき》にいじめぬかれ、精神まで破壊《はかい》されるにちがいない。いや、もっとおそろしかったのは、実際の戦場において苦痛《くつう》に満ちた死をむかえることだった。ようするに、臆病《おくびょう》なのだ。ただひたすら逃《に》げたいという卑怯《ひきょう》な思いがあった。

いよいよ十二月になり、三日後には呉《くれ》に出発という日、健一《けんいち》はどうしても奈良《なら》に行っておきたいと思った。「大和《やまと》は国の真秀《まほ》ろ場畳《ばたた》なづく青垣《あおがき》山ごもれる倭《やまと》しうるはし」と古事《こじ》記《き》のなかで倭健命《やまとたけるのみこと》は歌っている。父親である景行天皇《けいこうてんのう》の命令で、精根尽《せいこんつ》きはてるまで戦いをつづけなければならなかった皇子《みこ》の辞世《じせい》の句《く》である。死ぬまぎわまで、大和《やまと》の国は格別にすぐれた美しいところだと歌うその奈良《なら》を、国がほろびる前に見ておきたかった。いや、自分がほろびる前にだ。見れば、日本を守るために呉《くれ》に行けるかもしれない。そんなふうに思ったのだ。

戦時下のしかも冬の奈良は閑散《かんさん》としていた。みやげ物屋も宿も閉まっており、観光客もいなかった。けれどもそれが逆に心を落ちつかせた。寺院の屋根がわらに冬の日があたり、奈良公園の森もしずまりかえっていた。神社の鳥居《とりい》や柱の朱色《しゅいろ》が、品格のある命の華《はな》やぎを感じさせた。奈良は神社と仏閣《ぶっかく》が絶妙《ぜつみょう》のバランスをとってたたずんでいた。それは生と死のバランスをあらわしているのかもしれない。あるいは仏教《ぶっきょう》と神道《しんとう》は、日本人のバランス感覚そのものなのかもしれない。

しかし今や神道も国家統制となり、死して靖国《やすくに》神社の英霊《えいれい》となれという。

神社仏閣からはなれると、そこにはふつうの農村の風景がひろがっていた。冬なので農作業をしている人の姿《すがた》はない。けれども、戦争があろうがなかろうが、ここでは豊かな実りを収穫《しゅうかく》するための営みがあるのだ。

その一方で農家の男たちは戦争にとられ、家畜《かちく》までもが召集《しょうしゅう》されているという。寺院の鐘《かね》は、大砲《たいほう》や銃器《じゅうき》のために集められ、古都にひびく鐘の音はほとんどない。

いったいなんのために。

天皇？　国家？　軍のため？　国民のため？

いや、国民のためということはない。民は、天皇のため国のためにあるのだから。その逆は、この日本ではけっしてありえない。

健一《けんいち》は口にはしないが、アメリカという国にあこがれていた。英語を勉強し、いつかアメリカに行きたいとさえ思っていた。アメリカは自由の国だという。大統領は国民全体が選挙によって選ぶ。大統領は国家と国民のために仕事をする。そして国家は、国民のためにあると聞く。

そのアメリカと日本は戦争をはじめた。ふたつの国の兵士たちは、戦場で殺しあっている。同じ行為《こうい》であっても、その目的がちがうのだろうか。それぞれの兵士たちは、それぞれになぜ戦闘《せんとう》するのかを、考えてこたえを出し、納得《なっとく》しているのだろうか。

健一《けんいち》は夕闇《ゆうやみ》のせまる奈良盆地《ならぼんち》をながめた。そしてまた倭健《やまとたける》のことを考えた。こどものころの健一には、神話の中で活躍《かつやく》する倭健が英雄《えいゆう》であった。最期《さいご》は戦いにつかれはて、白鳥になって天にのぼっていく姿《すがた》に胸《むね》をふるわせた。

倭健はなんのために戦いつづけたのだろう。父である景行天皇《けいこうてんのう》のためだろうか。大和《やまと》という美しい国のためにだろうか。その両方だとして、では自分はこの国と天皇のために死ねるか。こどものころはうたがいもなくそう信じていた。今はちがう。この国と天皇は、民のためになにをしてくれたのか。どうしてもそういう思いが浮《う》かびあがってくる。

朝に目をさまし、味噌汁《みそしる》と漬物《つけもの》とご飯で食事をし、一日の仕事に精を出す。田畑を耕したり、会社でそろばんをはじいたり帳簿《ちょうぼ》に数字を書きいれたり、品物を売ったり買ったり、学校で学んだり、遊んだり、泣いたりわらったり、そんなちいさな積み重ねが幸せな暮《く》らしという気がする。天皇や軍隊が守るべきものは、そういう人々の暮らしなのではないのか。けっして他国にまで出かけて戦争をすることではない。

だがそれは人前では口にしない。軍部や政府に対して批判《ひはん》をする高等学校の学生たちだって、そこまではっきりいう者はいなかった。口にすれば「アカ」と呼《よ》ばれ、社会からほとんど抹殺《まっさつ》される。自由主義者、社会主義者、共産主義者、キリスト教の原理主義者、みんなひとまとめに「アカ」とレッテルをはられた。

奈良までやってきたが、疑問《ぎもん》と不安はますばかりであった。呉《くれ》にむかう自分を想像すると、腰《こし》に力が入らないような、貧血《ひんけつ》になってしまったような気分になった。おじけづいているのだろう。

それでも呉に発《た》つ日がやってきた。けっきょく一度も実家にはもどらず、京都《きょうと》の下宿から広島県《ひろしま》の呉《くれ》にむかうことになった。朝の京都《きょうと》駅から汽車に乗ろうとしたが、その大混雑にめまいがした。国民服を着た男たちと、軍服を着た兵隊たちが駅をうめつくしている。このカーキ色の渦《うず》の中に入っていけば、すべてが失われる気がした。それはたえがたい恐《きょう》怖《ふ》であり、同時に屈辱感《くつじょくかん》でもあった。

健一《けんいち》は人の少ないほうへと歩いていった。わりあいすいているホームがあった。そこは山陰線《さんいんせん》のホームで、列車の発車ベルがとつぜん鳴った。遠まわりになるが日本海側からまわって呉に出ることもできる。健一はとっさに山陰線の列車に飛びのった。ところが二つ目の二条《にじょう》駅で、ものすごい数の人間が乗りこんできた。息もできないほどの混雑であった。吐《は》き気《け》とめまいが連続的におこり、冷《ひ》や汗《あせ》が全身に流れた。心臓《しんぞう》が波打つように鼓動《こどう》した。もう限界だと思ったとき、ふとクリスチャンの先輩を思い出した。体を悪くして、ふるさとにもどっていたはずだ。たしか山陰線の綾部《あやべ》という町だった。

綾部という駅があったら、そこでおりよう。先輩《せんぱい》に会って、すこしだけ話をしていこう。

それまでなんとかがまんしよう。吐き気と冷や汗と、ぎゅうぎゅうづめの男たちの息の中で、健一は駅をひとつひとつ確認《かくにん》することでたえていった。

綾部駅はいなか町にしてはりっぱなものだった。大きな跨線橋《こせんきょう》や二階建ての駅舎などから、このあたりの中心地であることがわかる。駅のすぐむかいに、十字架《じゅうじか》の教会が見えた。健一はクリスチャンでもないのに、救われたような気分になった。すぐに中へと入った。もんぺ姿《すがた》の女性があらわれ、牧師の妻だといった。牧師は用事ででかけており留守《るす》であった。

健一は先輩の名を告げた。同じクリスチャンだから、名前を知っているかと思ったのだ。よく存《ぞん》じあげていると牧師の妻はいった。健一は自分の名前を告げて、会いたいのだとお願いをした。松山《まつやま》の高等学校でお世話になったことや、これから呉へ行かねばならないことをいうと、すぐに住所を書いた地図を渡《わた》してくれた。

先輩《せんぱい》の家は、由良《ゆら》川にかかる橋を渡《わた》ったところにあった。石柱の門構えで、かわら屋根の家であった。全体のつくりからすると、もとは武家屋敷《やしき》であったことがわかる。やや緊《きん》張《ちょう》しながら門をくぐった。初老の女性があらわれ、健一《けんいち》が用を告げると、息子《むすこ》は散歩にでかけているという。母親らしき女性は、いつもあのあたりを散歩していますからと、樹木《じゅもく》のしげる丘を指さした。

健一はそのまま丘をめざした。

小高い丘には森がひろがっていた。しばらく登ると、いきなりひろい場所に出た。綾部《あやべ》の町が見わたせる。石垣《いしがき》もあるので、城跡《じょうせき》なのかもしれない。そこからまたすこしあがったところに、さらにひろい空き地があった。

葉をすっかりおとした桜の木があり、その下に黒い外套《がいとう》を着た男がすわっていた。後ろ姿《すがた》から、先輩の羽田友樹《はだともき》であることがわかった。健一が近づくと、羽田はさっきからまっていたというような顔でふりむいた。

「やあ、中村《なかむら》。今日あたり、なんとなくきみがくるんじゃないかって思ってたんだ」

羽田は高等学校では一年先輩であったが、寮《りょう》が同室であったことから仲がよくなった。そのいちばんの理由は、羽田が英語の聖書《バイブル》をもっていたことだ。米英と戦争をしているために、英語は敵性語として世間ではきらわれていた。なかなか英語を勉強するチャンスがなかったのだ。アメリカにあこがれていた健一は、羽田といっしょに聖書を日本語に訳することに熱中した。

羽田はクリスチャンであった。霊感《れいかん》といってもいいくらいに直感や予見にすぐれているところがあり、けれども論理《ろんり》や科学をひたむきに学ぼうとする姿勢《しせい》もあった。そうしたところを、健一は尊敬《そんけい》していた。高等学校を卒業するまぎわ、肺結核《はいけっかく》であることがわかり、そのままふるさとの綾部にもどっていたのだ。

健一は羽田の横にリュックをおいてすわった。風は冷たかったが、坂道をのぼってきたのでちょうどいいくらいだった。それよりも、羽田の健康が心配だった。

「こんな寒いところにいて、だいじょうぶなんですか」

「だいぶいいんだ。今はすこしずつでも体力をつけたほうがいい時期なんだ。この時局にいつまでも家で寝《ね》ているわけにもいかないからさ。で、きみはいよいよか」

「はい。明日じゅうには、呉《くれ》の海兵団に行かねばなりません」

「そうか。行くのか」

羽田《はだ》は町を見おろしながらそういった。健一《けんいち》に決意をたずねているのか、それとも本心をいえとうながしているのかよくわからなかった。

羽田はそれからしばらくだまりこんだ。健一が話しだすのをまっているみたいだった。やはり見ぬかれているらしい。健一は思いきっていった。

「羽田さんは、もし、もしもですよ、徴兵検査《ちょうへいけんさ》で病気が見つからなかったとしたら、召集《しょうしゅう》には応じていましたか」

健一があまりにも単刀直入にきいたので、羽田は声をあげてわらった。

「きみらしいな。じゃあ、おれも単刀直入にこたえるよ。行ったかどうかはわからない。というより、おれは肺《はい》に病気が見つかって、正直なところほっとしたんだ。これで戦争に行かなくてよくなったってさ」

「すみません。いやな質問をしてしまって」

「いいんだ。中村だからいえるんだ。いや、きみにしかいえない。いえて、逆に気が楽になったよ。ありがとう」

「おれ、クリスチャンじゃないけど、聖書から学んだことはたくさんあります。イエス・キリストのことばで、隣人《りんじん》を愛せよ、敵を愛し、迫害《はくがい》するもののために祈《いの》れというのがありますよね。殺すなかれとも」

「たしかにイエス様はそうおっしゃられている。だが、異民族《いみんぞく》が他民族を殺戮《さつりく》し侵略《しんりゃく》することは歴史上の事実だ。また国家間の戦争も、資源《しげん》の取りあいや経済的《けいざいてき》な理由がそのほとんどだ。そんなつまらない理由でおきた戦争なら、なおさら兵士になりたくないという考え方もある。でも、現実にそこで自国の民が殺されているなら、現実の問題として見て見ぬふりをするべきじゃない」

「じゃあ、病気がなおったら、兵役《へいえき》を受けるつもりなんですか」

「どうなんだろな。はっきりしているのは、おれの中で逃《に》げている部分があるってことだ。肺《はい》の病気もイエス様の御言葉《みことば》も、それを理由にして、おれはなにかから逃げている」

健一《けんいち》がいちばん聞きたかったところだった。

「なにかって、なんですか」

羽田《はだ》はすこし考えてからこたえた。

「もしキリスト教を棄《す》てるか、さもなくば銃殺《じゅうさつ》だと選択《せんたく》をせまられたとき、おれは命をかけて信仰《しんこう》を守りとおす自信がない。信仰以前に、生きる意味も死ぬ意味もつかめていない。けれどそんな臆病《おくびょう》で弱い人間を、イエス様はまるごと認《みと》めてくださる。だから、考え悩《なや》みつづけるしかない。中村《なかむら》よ」

「はい」

「おれはなにもきみに教えられない。こたえなんて、もっていないんだ。おれが迷い悩んでいることは、たぶんきみと同じことだろう。いや、多くの若者《わかもの》も同じことで悩んでいるはずだ」

「すみません。おれ、あまえていました。でも、羽田さんの話を聞けてうれしいです」

「いや、あやまることはないよ。さっきもいったように、これは矛盾《むじゅん》した思いなんだ。おれはその矛盾を矛盾のままいったにすぎない。朝鮮《ちょうせん》半島や東アジアに日本軍が侵攻《しんこう》し侵略《しんりゃく》しているとしても、そこで現実に他国軍と戦っている日本人がいる。それはおれやおまえの知人や友人や家族たちだ。戦争はおこってしまっているんだ。米軍は日本の都市を空襲《くうしゅう》しはじめている。一般《いっぱん》の民間人を殺戮《さつりく》しているんだ。おそらく、これからもっと空襲ははげしくなるだろう。あるいは、本土決戦ということになるかもしれない。そのとき、おれはどうするんだろ」

それはそのまま、おまえはどうするという問いでもあった。

「おれも迷っています」

「そうか？　ほんとうにそうなのか」

羽田《はだ》はわらって健一《けんいち》を見た。

健一はすこし考えてから口をひらいた。たしかに結論《けつろん》は出ていた。誰《だれ》かにそれをあとおししてほしかっただけなのかもしれない。

「……おれ、やっぱり逃《に》げます。戦争から逃げます。卑怯《ひきょう》だろうし、非国民だろうし、自分のことしか考えない利己主義者《りこしゅぎしゃ》だろうけど、おれの中で、戦争に協力する理由がやっぱりないです。でも、羽田さんがいうように、逃げてもその後ろめたさっていうか、自分の卑怯さや弱さを背負《せお》いつづけて、おれも矛盾《むじゅん》したまま逃げていこうって。……うまくいえないけど」

羽田はうなずくでもなく、なにかをこたえようとするわけでもなく、しばらく綾部《あやべ》の町を見ていた。それからいった。

「逃げるったって、どこに逃げるつもりだ」

羽田のいうとおりだった。どこに逃げればいいのか、はずかしながら見当がつかなかった。

「山にでも」

苦しまぎれに健一がいうと、羽田は声をあげてわらった。そして咳《せき》をした。健一に気をつかって、ふところからてぬぐいを出すとすぐに口をおおった。よくなったとはいえ、肺《はい》結核《けっかく》は簡単《かんたん》には治らない。ひとしきり咳をしたあと、羽田は「すまん」といっててぬぐいをしまった。それからいった。

「この丹波丹後《たんばたんご》あたりには、マンガンやニッケルの鉱山《こうざん》がたくさんある。ひと月やふた月くらいなら、警察《けいさつ》の目もごまかせるはずだ。戦争のために絶対必要な資源《しげん》の採掘《さいくつ》だから、一人でも働き手がほしいんだ。こんなご時勢にやってくる労働者は、いろいろワケアリだってことは会社も承知の上だ。ただ、仕事はきついぞ。事故で死んだり病気になったりする者も多いらしい。それでもよければ、紹介《しょうかい》してやる」

渡《わた》りに船であった。兵役《へいえき》を拒否《きょひ》して逃《に》げるのだ。山奥《やまおく》の温泉宿《おんせんやど》でのんびりかくれていられるはずもない。健一《けんいち》はうなずくしかなかった。軍隊でみじめな死をむかえるよりも、自分で決めた生き方で死ぬほうがいい。

「おねがいします。おれ、やっぱり羽田《はだ》さんに会えてよかった」

「もしおたがい生きて終戦をむかえられたら、きみの逃避行《とうひこう》物語がどんなだったか聞きたいものだ」

羽田はそういって立ちあがった。ついてこいといわれて、健一はそのままあとについていった。森をぬけたところに、二階建ての古い木造の家があった。羽田はその家に入り、しばらくすると出てきた。

「話はつけておいた。あとはこの家の人の指示に従え。きみの幸運を祈《いの》る」

羽田はいいながら握手《あくしゅ》を求めてきた。

健一もその手をにぎりかえした。

「羽田さんも、きっとだよ」

羽田はだまってうなずくだけだった。

家に入るとひげをはやした初老の男がいた。よけいなことはいっさいいわず、古びた国民服とメモを渡《わた》してくれた。メモには、働き口として紹介された鉱山《こうざん》への行き方が書かれてあった。

そうして健一は、大江《おおえ》町の山奥《やまおく》にあるニッケル鉱山に行き、しばらくそこで働いた。坑《こう》道《どう》から採掘《さいくつ》された鉱石《こうせき》を運びだす仕事であった。労働者は朝鮮《ちょうせん》人や極端《きょくたん》に貧しい者が多かった。また罪《つみ》を犯《おか》して逃亡《とうぼう》している者もいた。会社はそうした人々を半ば強制的に、あるいは見て見ぬふりをして働かせていた。聞いていたよりもはるかにきびしい労働であり、事故も多かった。

こうした場所で食いつなぎながら逃《に》げている人間には、たがいがなんとなくわかるものだ。「来週にお上《かみ》の検閲《けんえつ》があるらしいぜ」と背中《せなか》に刺青《いれずみ》のある男が教えてくれたりした。会社も警察《けいさつ》も、いちおう型通りに調査はする。逃亡犯《とうぼうはん》や兵役拒否者《へいえききょひしゃ》などを摘発《てきはつ》するためであった。しかし事前にそうした情報はなぜかもれ、検閲《けんえつ》前夜には身におぼえのある者は姿《すがた》を消していた。そうしてべつの鉱山《こうざん》にもぐりこみ、一定期間働くとまたべつの鉱山へと移動した。

健一《けんいち》もいくつかの鉱山を渡《わた》りあるいた。こうした過酷《かこく》な仕事場には、社会では差別され、貧しさに苦しむ人々が多かった。けっして裕福《ゆうふく》ではなかったが、健一は自分が育った環境《かんきょう》が、どれほどめぐまれていたかを思いしらされた。

冬をそうしてなんとかすごし、春の気配がただよいはじめたころだった。マンガン鉱山《こうざん》で働いていて、わずかばかりの給金ではがきを買うことにした。ふるさとに便りを出そうと思ったのだ。おそらく実家では、兵役拒否の息子《むすこ》のために、たいへんなことになっているはずだ。せめて生きていることだけでも知らせておきたかった。もちろん差出人は偽名《ぎめい》をつかった。本文の内容で、それが誰《だれ》であるかわかるようにした。

はがきを出して一週間ほどたったころだ。鉱山の事務所に目つきのするどい男たちがやってきた。たまたま昼休みで、健一は共同便所で用をすませたところだった。便所から出ると、すぐに男たちと目が合った。直感で特高《とっこう》（特別高等警察）かなにかだとわかった。速《はや》歩《あし》で近づいてくる。

健一はとっさに坑道《こうどう》に逃《に》げこんだ。無意識《むいしき》の選択《せんたく》であったが、それがよかった。坑道の中は迷路のようになっており、いくら特高の刑事《けいじ》であろうと、ふだんから出入りしている健一をつかまえられるわけがなかった。蟻《あり》の巣のようにはりめぐらされた坑道を逃げ、いくつもある出口のひとつを選んでそのまま山の中を逃げた。

とりあえず亀岡《かめおか》の町へ出た。駅から汽車に乗ることも考えたが、捜索《そうさく》の手がのびているかもしれない。やはり山道を行くしかなかった。ここから峠道《とうげみち》をこえて大阪《おおさか》へ出られる昔の街道がある。石の道標《みちしるべ》に従《したが》って、健一《けんいち》はふたたび山へとむかった。いつでも逃《に》げられるようにと、ふだんから金はふところに入れていた。農家でわずかばかりの食料をわけてもらいながら峠《とうげ》をこえた。いつ追っ手につかまるかという不安と恐怖《きょうふ》が足を急がせた。自分のどこにこんなエネルギーがあるのだろうと思うほどだった。

勝尾寺《かつおうじ》という大きな寺についたときは、ほっとするよりも逆に緊張感《きんちょうかん》が高まった。ここから尾根筋《おねすじ》を箕面《みのお》の村までいけば、そこからさきは大阪《おおさか》である。監視《かんし》や検閲《けんえつ》の目がいっそうきびしくなるだろう。しかし行くところのない健一には、大阪という大都会にまぎれこむことしか思いつかなかった。

人目をさけるために夜をまった。勝尾寺から箕面までは参道がある。数キロもつづく山道だが整備された道だ。灯《あか》りがなくても行けると思った。そうして寺の前からつづく石段《いしだん》の参道を登り、尾根筋へ出た。

いきなり空襲警報《くうしゅうけいほう》が聞こえてきた。尾根筋から見える大阪方面は、灯火管制で真っ暗である。その暗闇のあちこちで、うなるようなサイレンが鳴りひびいていた。ほどなくして、ごおーんと空気をゆるがすような音が聞こえてきた。勝尾寺の鐘《かね》かとも思ったが、こんな深夜に撞《つ》くはずもなかった。

とつぜん夜空に花火のようなものが見えた。おそらく地上から撃《う》った高射砲《こうしゃほう》の光だろう。パッと破裂《はれつ》した瞬間《しゅんかん》明るくなった。その光のはるか上空に、無数の虫たちがいた。ただし鉄の虫である。轟音《ごうおん》をあげながら侵入《しんにゅう》してくる爆撃機《ばくげきき》であった。その爆撃機から、今度は逆に光が落とされた。ばかに明るく陽気な光だった。それがゆっくりといくつも地上に落ちていく。爆撃目標を確認《かくにん》するための照明弾《しょうめいだん》だろう。それからすぐに、光があちこちで散るように点滅《てんめつ》した。線香花火が地上で火を散らしたみたいだった。その直後に、今度は線状の光がいく筋《すじ》も夜空に流れた。まもなく地上に落ちては破裂《はれつ》し、あたりは見る間に火の海となっていった。さらにつぎつぎと線状の光が雨のように地上に降りそそいでいく。それが大空襲《だいくうしゅう》のはじまりであった。健一のいる尾根筋の真上を、黒い機影《きえい》を見せながら無数の爆撃機《ばくげきき》が通過していった。山や地面をゆるがすような圧倒的《あっとうてき》な爆音《ばくおん》と、黒い鉄の虫のような爆撃機が夜空をおおった。それは波状的《はじょうてき》におとずれ、合計すれば何百機にもなっただろう。大阪《おおさか》は火につつまれ、それでも空からは容赦《ようしゃ》なくつぎつぎと光がばらまかれていく。それが焼夷弾《しょういだん》という無差別攻撃《こうげき》の爆弾《ばくだん》であることも、巨大な爆撃機がB《ビー》29であることも、健一《けんいち》はまだ知るはずもなかった。ただ、健一が想像していた戦争とは、明らかにちがうものだった。目の前で展開しているのは、もっと物質的というか、重くてかわいているというか、人間の感情をはるかに越《こ》えてしまったものであった。あの線状の無数の光の落ちていくさきで、家や人間が焼かれている。つまり民間人を無差別に殺している光景なのであった。わかっていても、夜空に滝《たき》のように落ちていく光はきれいだった。そして、あまりにも圧倒的《あっとうてき》な爆撃機の数に、健一は腰《こし》をぬかしたように動けなくなっていた。あの爆撃機を操縦《そうじゅう》しているのも爆弾を投下しているのも米軍の兵士のはずだ。健一があこがれている

アメリカの――。

長い空襲《くうしゅう》のあと、夜が明けた。大阪は燃えつづけ、煙《けむり》が絶えることはなかった。こんなところで、のんびりしているわけにはいかない。同じ日本人が、目の前で焼かれて死んでいっているのだ。健一はようやく気をとりなおして、尾根道《おねみち》を駆《か》けて箕面《みのお》の村までおりた。だが、すでに大阪方面から逃《のが》れてきた人々でごったがえしていた。駅前ではすすで顔が黒くなった人たちが、水をもらったりふかし芋《いも》を食べたりしていた。

つぎからつぎへと、避難者《ひなんしゃ》はふえていく。逃《に》げるように箕面の山へと入っていく者もいた。健一はなすすべもなく駅近くの寺に行った。そこにも避難者がたくさんいて、腰《こし》をおろして休んでいた。行き場のないままその夜もそこですごした。三月とはいえ、まだ夜は寒い。ふるえながら寺の本堂に横たわったが、ほとんど眠《ねむ》ることはできなかった。

翌日になると避難してくる人はさらにふえ、その多くは親類や知人をたよってどこかへまた移動していった。防空頭巾《ぼうくうずきん》や着ている服が焼けこげ、すすにまみれている。

「神戸《こうべ》もやられたらしい」

「名古屋《なごや》も焼け野原になったようだ」

「東京《とうきょう》もひどいことになっていると聞いた」

「京都《きょうと》はまだだいじょうぶなようだ」

「近いうちに、新型爆弾《ばくだん》が落とされるって話だ」

さまざまなうわさが飛びかった。どちらにせよ、日本の都市部が米軍を中心とした連合国軍によって爆撃《ばくげき》され、焦土《しょうど》と化しているらしい。ほかにも、大火災による焼死や焼夷弾《しょういだん》の直撃《ちょくげき》による無残な死など、見てきたこと聞いてきたことを避難者《ひなんしゃ》たちは語りあった。

今回の空襲《くうしゅう》は、大阪《おおさか》市の中心部であったらしい。すこし落ちつけば、行方《ゆくえ》不明の肉親や知人を探しにもどるという人もいた。だが、大阪の周辺部も近いうちに爆撃されるだろう。知人や親類が地方や山間部にいる者は、そこへ逃《に》げたほうがいい。そういいあいながら、山を越《こ》えていく者も多かった。

健一《けんいち》はとりあえず京都をめざした。ところが高槻《たかつき》の町まで来ると、軍や警察《けいさつ》による検問《けんもん》所《じょ》が設けられていた。方角をかえ、奈良《なら》をめざすことにした。淀川《よどがわ》を越え、枚方《ひらかた》から生駒《いこま》山へとたどりついた。腹《はら》がへれば山里の農家の納屋《なや》にしのびこみ、干《ほ》し大根や芋《いも》をかじりながら歩いた。早春とはいっても、山の中は冬のように寒い。きこりや猟師《りょうし》の小屋を見つけると、そこでたきぎを燃やし、数日をすごした。缶詰《かんづめ》や干《ほ》し魚のような保存食《ほぞんしょく》を見つけると、勝手に食べた。いつのまにか盗人《ぬすっと》のようなことをしているのだった。

奈良の町も、きっと検問所や検閲《けんえつ》がきびしくなっているだろう。健一は結局さらに山奥《やまおく》へと入っていった。ふしぎなもので、行き場のない人間は山へ山へと逃げていく。着ている国民服はよごれによごれ、顔も洗《あら》わないので黒ずんでいるはずだ。腹をすかせ、目もぎらついているにちがいない。夜に安眠できないせいか、体も極度に疲労《ひろう》していた。

こんなことをするために、自分は兵役《へいえき》を拒否《きょひ》したのか？　こんなことになるために、自分は家族も犠牲《ぎせい》にしたのか？　これがおれの信じる生き方か？　むしろこのまま死んだほうがいいのではないか。そんな思いで山をさまよい、谷川の水で空腹《くうふく》をごまかし、ふらつく足で山道を歩いた。疲労《ひろう》と空腹《くうふく》で集中力がなくなっていた。細い山道で足をすべらせた。しまったと思ったときには急斜面《きゅうしゃめん》を転がりおちていた。強い衝撃《しょうげき》があり、うめき声をあげながら意識《いしき》が遠のいていった。

どれくらいの時間がたっただろう。体の右半分があたたかいことに気づいて目がさめた。渓流《けいりゅう》のそばにある川原《かわら》だった。谷は深く、川原といっても岩がごろごろしているようなせまい場所であった。あたたかいと感じたのは、川原の石でかまどをつくり、火を燃やしているからだった。魚を焼くにおいがした。反射的《はんしゃてき》に飛びおきた。

「おきなさったか。どこか痛《いた》いところとか、動かないところとか、ありなさるか」

男の声だった。藍《あい》色の筒袖《つつそで》の着物に、ももひきをはいている。てぬぐいを鉢巻《はちまき》のようにして頭にまいていた。小刀で棒《ぼう》をけずっている。そばのかまどにはすすで黒くなったやかんと、くしざしにして火にあぶっている岩魚《いわな》が立てられていた。

今度は女の声がした。

「まあまあおきなされたか。魂《たま》の緒《お》が切れんでよかったこと。ニキさんはだいじょうぶやっていうけど、あちは心配で心配で」

女もやはり藍色の着物で、下はもんぺであった。胸《むね》をはだけて、赤子に乳《ちち》を飲ませている。健一《けんいち》は思わず視線《しせん》をそらしてうつむいた。毛布のような厚手の布がかけられていたのに気がついた。

「たすけていただいたようで、ありがとうございます」

「トシさん。チタにお乳をやるのはそれくらいにして、まれひとさんに茶でもやってくれ。そんげにいっつも乳をふくませてたら、あかんたれの子になるぞ」

どうやら子連れの夫婦らしかった。

トシとよばれた妻のほうが、やかんにわいた湯を茶碗《ちゃわん》にいれてくれた。茶といったが、白湯《さゆ》であった。けれど冷えた体にはありがたかった。ゆっくり飲んでいると、焼き目のついた岩魚《いわな》をくしのまま渡《わた》してくれた。燻製《くんせい》にしたもので、焼いてもかたいままだった。

ニキさんという男がいった。

「茶につけて、ゆっくり食べるがいいです」

なるほど、そういうことかと、健一《けんいち》は燻製の岩魚をちぎって茶碗《ちゃわん》に入れた。そこにトシさんがまた湯をそそいでくれた。

うまかった。こんなにうまいものが世の中にあるのかと思うほど、こうばしく味わいがあった。湯を何度もおかわりしながら、岩魚の燻製をすこしずつちぎっては入れ、それを口にした。

どこから来たのかとか、どうしてこんな山の中に一人でいたのかとか、夫婦はよけいなことはたずねなかった。名前さえ聞かなかった。「まれひとさん」と呼《よ》ぶだけだ。古い日本語の「まろうど」、訪問客《ほうもんきゃく》という意味だった。谷へ落ち頭を打ったせいでまだ夢の中にいるのだろうか。だが夢ではなかった。足首に痛《いた》みが走ったからだ。思わずうめき声をあ

げた。ひどくはないが、ねんざをしているらしかった。

ニキさんがすぐに手当てをしてくれた。どこからか薬草をつんできて、それを谷川で冷やした手ぬぐいにつつんで足首にまいてくれた。その日は、そのままそこで寝《ね》た。川原《かわら》からすこしあがったところに草地があり、天幕《てんまく》をはりテントのようにして夜露《よつゆ》をしのいだ。さきほど川原でかまどにした石は、火でじゅうぶん熱くなっており、それを布でくるむと懐炉《かいろ》になるのだった。足首を痛《いた》めた健一《けんいち》をおいていくわけにもいかず、わざわざ野営をしてくれたのだ。さきほどニキさんがけずっていた棒《ぼう》は、健一のために作ってくれた杖《つえ》だと翌日にわかった。

薬草が効《き》いたのか、足首の腫《は》れはひいていた。痛みはすこし残っていたが、杖をたよりに山道を歩くことができた。

ニキさんは体がかくれるほど大きな荷を背負《せお》い、そのくせ軽々と歩いた。妻のトシさんも、赤子を背負い両手にふろしき包みをぶらさげてなんなく歩いた。おくれがちになる健一を気づかい、なんども立ちどまってはまってくれた。下のほうに山里が見えてきたところで、ニキさんがいった。

「あちどもは、これからあの村で仕事をしてまいります。まれひとさんは、どうなされますかな。ごつごうのよいようになされてください」

健一はこまった。どこへ行くあてもない。それにたすけてくれたお礼もしたかった。

「あの、もしよろしければ、なにかお手伝いができればと思っていますが、ご迷惑《めいわく》ならこのままいなくなります」

「迷惑なぞなにもありません。ええっと、トシさん。なにか手伝ってもらえることはあるか」

「じゃあ、荷物の留守番《るすばん》はどうです」

「ああ、そりゃあええ」

仕事に使う荷物以外をその場におろし、ニキさん一家は山里へとおりていった。もしも健一《けんいち》が盗人《ぬすっと》だったらどうするつもりなのだろう。まったくうたがいさえしないかれらに、健一はまたこれは夢か、それともすでにあの世に来てしまったのかと頰《ほお》をつねった。そしてつぎに思ったのは、あの夫婦連れはひょっとして山窩《さんか》なのではないかということだった。

山窩のことは、新聞や小説で読んだことがある。新聞では、無戸籍無宿《むこせきむしゅく》の徒《と》で夜盗《やとう》や博打《ばくち》などをくりかえす犯罪者《はんざいしゃ》集団として書かれていた。また小説では、山々を飛ぶように走ったりする怪奇《かいき》な一族として描《えが》かれていた。その一方で、国家や政治、法律などに束縛《そくばく》されず、大自然の中で自由に暮《く》らす「化外《けがい》の民」としてロマンチックに語られることもある。

「化外の民」とは天皇《てんのう》を頂点《ちょうてん》とする国家から、はずれた人々のことだ。

しかし国の権力者《けんりょくしゃ》にとっては、こうした化外の民がいることはつごうが悪い。まず戸籍がないので税金がとれないし、戦争をはじめても兵士として召集《しょうしゅう》できない。多くの国民がかれらのように化外の民になろうとすれば、国家そのものの土台がゆらぐ。

だからこそ権力者たちは、かれらが犯罪者集団であり、税金も兵役も果たさない連中というレッテルをはったのではないか。

警察《けいさつ》は、こうした山窩を見つけると、強制的に一般《いっぱん》の人間として生きるように捕縛《ほばく》するとも聞く。だが、ニキさんとトシさんは、なにも悪いことはしていないと健一は思う。

こうして、健一はニキさん一家と山を歩くことになった。名前だけは正直に伝えたが、それ以外のことはなにもいっていない。夫婦も聞くことはなかった。それがかれらのやり方というか、礼儀《れいぎ》のようなものらしい。「まれひと」は外の世界からおとずれた神のつかいという考えがあるようだった。恐縮《きょうしゅく》するほどていねいにあつかってくれた。

もちろん、できることはなんでも手伝わせてもらった。天幕《てんまく》での移動生活では、まずだいじなのはたきぎであった。かれらはホギといったが、おそらく火木から来ているのだろう。とりあえずはそのホギ集めをやらせてもらった。ニキさんは竹細工が得意らしく、あちこちの村へ行っては箕《みの》やざるの修理をして金をかせいでいた。妻のトシさんのほうは、おもに注文取りをするらしい。赤子をしょっていると、村人は同情してくれるらしく、いつもの年よりも注文が多くとれるとよろこんでいた。

かれらはずっと移動生活をしているわけではなかった。ニキさん夫婦には、粗末《そまつ》ながらも家があった。杉皮《すぎかわ》とか、柴竹《しばたけ》とかをかべがわりにした小屋のようなものだ。中は囲炉裏《いろり》もきられており、ござも敷《し》かれていた。山の稜線《りょうせん》近くにあり、近くにもいくつかそうした小屋があり人も住んでいた。

ここをすみかにして、かれらは四方八方に散らばるように仕事に出かける。二、三日から十日ほど、天幕《てんまく》や竹笹《たけざさ》などで小屋掛《が》けをしながら金をかせぐのだった。里の農家をまわり、箕《みの》やざるなどを作って売ったり修理《しゅうり》したりするらしい。もっとあたたかくなれば、遊芸人としてやとわれ、歌ったりおどったりもするという。これは実入りがいいし、酒や茶菓子などの接待もあるので楽しみだといった。

ようするになんでもやるのだ。かれらは自分たちのことを山窩《さんか》と呼《よ》んでいるわけではない。ただ、戸籍《こせき》がないことは自覚しており、それはスベラ（天皇《てんのう》のこと）からはるか昔に許可を得たからであると説明した。天の民であり、神々に仕える無窮《むきゅう》の民、つまり誰《だれ》からも束縛《そくばく》されない民であると。だから自分たちを化外《けがい》の民とは思っておらず、むしろ山青く水清らかなこの国を心から愛していた。日本国のことを「ウラヤス」の国と呼ぶことにもそのことがあらわれている。ウラヤスとは心安らかなという意味である。

かれらは自分たちのことを、山の者とか世間師《せけんし》とかいう。しかしそれも、聞かれればとりあえずこたえるためのものであり、一族としての正式な呼び名ではないらしい。そもそもかれらにとって一族の名前などいらぬのだ。

こうした山で暮《く》らす人々は、この紀伊《きい》山地だけでも数百人はいるという。だからといって、集団としての統一された組織《そしき》があるわけではない。親戚《しんせき》づきあいや仲間としてのつきあいがあるくらいだ。仕事もさまざまで、なかには大学を出て都会で暮らしている者もいる。太陽神を最高神とする信仰《しんこう》も、経典《きょうてん》や教えがあるわけではない。口伝えの伝説や神話として、この大自然のなりたちやたいせつさが伝えられているにすぎない。

かれらにも、この国がどういう状況《じょうきょう》になっているか、おおよそのことはわかっていた。そのせいなのか、あるいは警察《けいさつ》による強制なのかはわからないが、山をおりて一般《いっぱん》社会にとけこむ者もいるらしい。

「このウラヤスの国は、山と川でできとります。あちらがみんな山をおりたら、だれが山川の神さんのトギになれますか。山と川はすぐに荒《あ》れます」

ニキさんはそういう。トギというのは、おとぎ話のトギ、ともだちやいっしょにいる人のことをさす。かれらの最高神である太陽のことも、アイさんとまるでともだちみたいにいう。現人神《あらひとがみ》としての天皇《てんのう》や、聖書《せいしょ》での絶対神エホバなどとはちがう親しさが、かれらの神にはあるのだった。

はじめは体力が回復するまでのつもりだったが、健一《けんいち》はもうすこしかれらの生き方を見てみたくなり、こうして生活をともにするようになった。

西日本でその山々の深さにおいて紀伊《きい》山地に勝るものはない。地図で見ると、まるで日本列島全体の重みによって中央がたれさがり、深い山々を形成しているかのようだ。しかし実際は、おしよせるフィリピン海プレートによってできた大地のしわ。中央構造線《ちゅうおうこうぞうせん》を形成する南側、エネルギーのたまりにたまるところであった。それゆえ霊気《れいき》に満ちる場所でもある。

高野《こうや》山の金剛峰《こんごうぶ》寺、吉野《よしの》の金峯山《きんぶせん》寺、修験者《しゅげんじゃ》の聖地《せいち》である洞川《どろがわ》の龍泉《りゅうせん》寺、熊野《くまの》の本宮大《ほんぐうたい》社《しゃ》など、神霊《しんれい》が宿り神仏《しんぶつ》をまつる場所は数かぎりない。

しかしそうした霊場《れいじょう》は、心身ともに病みつかれた都市の側の人間が作ったものだ。もともと山で暮《く》らしているかれらにとっては、大自然の一部として生きているにすぎない。かれら自身が、山に満ち満ちる霊気や、神々の宿る森羅万象《しんらばんしょう》の一部であるともいえる。都市の人間がそこを聖地と呼《よ》ぶなら、かれらは聖地の一部でもある。つまり山で生きるかれらは、聖地であり霊気であり神々そのものでもあるのだ。そしてかれらは、そのことを直感的に理解している。それゆえに、逆にかれらはへりくだっている。権威《けんい》とか権力《けんりょく》とかいったものとは、正反対のところにいる。

健一《けんいち》はかれらと暮《く》らしてみてそう感じた。

山や川をかれらは神として敬《うやま》い、同時にトギとして親しみ、またその力の大きさをおそれおののく。そしてかれらは、その一部分でもある。すべてがここでは完結し、つながっている。

健一は新約聖書《しんやくせいしょ》の聖句《せいく》を思い出す。

だから、あなたがたは、天の父が完全なように、完全でありなさい。

栄華《えいが》をきわめたソロモンでさえ、このような花のひとつほどにも着かざってはいませんでした。

いわば原始的な自然崇拝《すうはい》とでもいえるかれらの生き方は、聖書の言葉とふしぎにも合致《がっち》する。このような解釈《かいしゃく》は、東洋人としてのまちがった解釈なのだろうか。けれども、今の健一には、イエスの言葉とかれらの暮らしが重なっていき、矛盾《むじゅん》がない。

山々でのかれらの暮らしは、神が望みたもうた世界そのものなのではないか。野に咲《さ》く花は、それ自体として完全であり、人間の作ったどんなものよりも美しく、まただれも裁《さば》かない。かれらは、まさに野の花のように見えた。

かれらは裁かない。だから戦争にも行かない。戸籍《こせき》ももたない。誰《だれ》のために戸籍などいるのだろう。戸籍を求めているのは、国家や権力者《けんりょくしゃ》や、その頂点《ちょうてん》にいる天皇《てんのう》ではないか。

政府よ、軍部よ、天皇よ。

あなたがたは、なにを守ろうとして戦争をしているのか。

この美しい風土か。

ならば、なぜよその国にまで行って戦《いくさ》をする。

この美しい風土で生きている人々を、戦場に駆《か》りだし、あるいは戦場にして、なぜ死に追いやる。

政府よ軍部よ天皇《てんのう》よ、あなたがたはいったい、なにを守ろうとしているのですか。

それは国民を、そして他国の人々をまきぞえにしても守らねばならないものなのですか。

おれには、わかりません。

健一《けんいち》は出口のない問いと迷いをくりかえしながら、ニキさん一家とともに山の稜線《りょうせん》に立ち、太陽神アイに今日も合掌《がっしょう》する。


実際のニキさんたちの暮《く》らしというのは、けっしてロマンチックなものではなかった。いつもぎりぎりのところで生きているといっていい。小説で描《えが》かれるような超能力《ちょうのうりょく》や、逆に自然のふところで牧歌的な暮らしをしているといったものでもない。その日とりあえず食べられて、ゆっくり眠《ねむ》れるか。それが第一であった。こんな山の中で暮らしているからといって、金がまったくいらないというわけでもない。かれらは修行僧《しゅぎょうそう》でもないし仙人《せんにん》でもない。できれば楽な暮らしをしたいし、便利さもほしい。箕《みの》や魚籠《びく》といった竹製品を作ったり、川の水がゆるめば魚やうなぎをとったりして売る。また薬や歯みがき粉を仕入れ、遠くの町で売り歩く者もいる。そうして得た金で、最低限の食料や物品を買った。だが、かれらは山の暮らしそのものをたいせつにしているので、必要以上のものを求めなかった。

山には多くのものがある。そまつな小屋ではあるが、その材料はすべて山のものでまかなえた。労をおしまず修理《しゅうり》すれば長く暮らせた。食器もほとんどが木製であった。なべや小刀などは金属であったが、天幕《てんまく》で移動するときは皿や茶碗《ちゃわん》のかわりにふきの葉などを使うこともある。春の若菜《わかな》や秋の木の実だけでなく、一年中なにがしかの食べられる野草をかれらは知っていた。また自然の根菜類、きのこ類、虫や幼虫類《ようちゅうるい》、しかけで獲《と》る鳥類や小動物など、山は食べ物の宝庫《ほうこ》なのだった。

そうしたものを獲りにいくとき、かれらはうれしげで遊んでいるように見えた。山をおりていくばくかの金をかせぎにいくときが仕事なのであり、山での狩《か》りや採集は遊びなのだ。そうして遊び、獲物《えもの》をなべで煮《に》たり焼いたりして食べるとき、さらに顔はほころび満足そうにした。

一日一日は、太陽神アイへの祈《いの》りからはじまる。だが一週間とか一か月とかいった感覚はない。暑さ寒さとか、太陽神アイの天道《てんどう》の傾《かたむ》きかげんとか、樹木《じゅもく》の葉の色やかがやきとか、水の冷たさとかぬるみぐあいとか、雨や風、森や土のにおいなどでときの移りかわりを感じとっていた。

だから、かれらは自分の正確な年齢《ねんれい》を知らない。知る必要がないのだった。ニキさんが三十歳《さい》くらいで妻のトシさんが二十歳《はたち》くらいだろうと思っていたが、それはあくまで健一《けんいち》の見立てである。実際は、もっと若《わか》いのかもしれないし、その逆なのかもしれなかった。赤ん坊《ぼう》のチタは女の子だが、これもたぶん生後三か月くらいだろう。はじめてニキさん一家に会ったときは、生まれて間もないころだった。そんな時期に、天幕《てんまく》での移動生活に新《しん》生児《せいじ》を連れてきていたのだ。たくましい人々でもあった。

思ったよりも日銭がかせげたときには、農家で密造《みつぞう》しているどぶろくを買い、満天の星の下で酔《よ》っぱらう。川原《かわら》に作った石のかまどには火が燃え、くしにさした川魚のこうばしいにおいがする。気分が乗ってくると、トシさんは赤ん坊をニキさんに渡《わた》し、歌いはじめる。その声はきれいではりがある。ニキさんの話によると、トシさんは遊芸を得意とした一家に生まれたという。熊野《くまの》に近い山にひとかたまりの集落があり、みんな芸をもっていた。新春の春駒《はるごま》や万歳《まんざい》、田楽《でんがく》や人形つかいなど、なんでもやったそうだ。

二人のなれそめは聞けなかったが、たぶんニキさんがトシさんの芸を見てほれこんだのだろう。歌うトシさんを、うっとりと見ていることからもわかる。やがてトシさんは、さらに気分が乗ってきて、テンポのはやい春駒の歌になっていく。

しっかり　のりこめ　乗り手の拍子《ひょうし》で
合点《がてん》で　しっかり　お家見かけて　ほれ
のりこむ駒《こま》は　駒は　ほら
お家が繁昌《はんじょう》

勇めば　めでたや　お家も繁昌《はんじょう》　ハイヤ　ドウサ　ドウサ
ドウ　ドウ　ドウ　エイ
春の初日に　コーリャ　春駒《はるごま》なんぞ　夢に
ハイトコ　ハイトコ
見てさえ　良いとは　いわよ
ハイヤ　ドウサ　ドウサ　ドウ　ドウ　ドウ　エイ
ここのお家は　それ
めでたいお家　鶴《つる》と　ハイトコ　ハイトコ　亀《かめ》とが
巣をかけまする
ハイヤ　ドウサ　ドウサ　ドウ　ドウ　ドウ　エイ
トシさんは昔を思い出してか、木馬に乗るかっこうをしながら歌いつづける。
その夜は、ニキさんとトシさんの天幕《てんまく》から、二人のじゃれあう声が聞こえてくる。べつの天幕で一人寝《ね》る健一《けんいち》は、いつか自分にも愛する妻ができて、二人仲良く暮《く》らせる日が来るのだろうかと思うのだった。

そうして梅雨《つゆ》もはじまろうとする時期に、山をゆるがすような爆音《ばくおん》がした。まだ朝であった。尾根筋《おねすじ》まであがると、ものすごい数の爆撃機《ばくげきき》が大阪《おおさか》方面にむかっていた。日本は完全に制空権《せいくうけん》を失っているのだった。それからほぼ一週間ごとに、何百機もの爆撃機が大阪方面に襲《おそ》いかかっていった。おそらく神戸《こうべ》や名古屋《なごや》、東京《とうきょう》も、いや、日本中が空襲《くうしゅう》されているのだろう。

だが、紀伊《きい》山地はまったく平穏《へいおん》であった。通りすぎていく爆撃機の音がやむと、いつものしたたるような緑の世界にもどった。

こんなところでのんびり生きている自分に、健一は罪《つみ》の意識《いしき》をずっともっていた。それがさらにふくらんでいく。ほんとうに、逃《に》げているだけでいいのだろうか。こんな山の中で。

だからといって、ニキさんたちのことを、戦時への義務をはたさない非国民だとは思わなかった。けれど、健一《けんいち》は山の者ではない。学校で学び、高等教育まで受けさせてもらった。日本という国からそれなりの恩恵《おんけい》は受けている。育ててくれた両親への恩義《おんぎ》もあった。幼《おさな》なじみや友人や、世話になったたくさんの人々。それをおれは見殺しにするのか。兵役《へいえき》を拒否《きょひ》し逃亡《とうぼう》している身だが、ではいったいおれはなにから逃《に》げているのか。兵役？　軍や政府の悪政？　権力者《けんりょくしゃ》からの暴力《ぼうりょく》？　自分の良心を否定《ひてい》するものから？　自分の臆病《おくびょう》さから？

幼なじみたちはその貧しさゆえに、小学校を出たらすぐに働き、あるいは兵隊にとられ、あるいは銃後《じゅうご》の守りとして動員されて、死にものぐるいに日々を送っている。そんなときに、おまえはいったいなにから逃げ、なにを守ろうとしているのか。

天皇《てんのう》や政府や軍部につきつける問いと同じものを、健一は自分につきつけるしかなかった。

そうして悩《なや》み考えつづけていたある日、山の中でたきぎをひろっているときだった。ふいにひとつの言葉が頭に浮《う》かんだ。それが神仏《しんぶつ》の導《みちび》きなのか、健一の中でうずまいていた思いがひとつにまとまったものなのか、おそらく後者だろう。まるで泡《あわ》のようにぷくりと出た。

おまえはいつも周辺だ。

やはりそうなのか、と納得《なっとく》できるところがあった。

おれはえらそうな口をききながら、結局いつも、ことの周辺にしかいなかった。不幸な当事者のふりをしながら、そのくせ批評家《ひひょうか》気どりで周辺をうろついていただけではないか。けっして、中心にむかって飛びこんでいかないではないか。

おまえがまがりなりにも大学まで行かせてもらえたのは、そこで学んできたことを世の中で役立てるためなのではなかったのか。兵役につくかつかないかよりも、そのことをまずは第一に考えるべきだったのではないか。

学んできたこと、考えてきたことを、命がけで役立てることをしろ。でなければ、ほんとうの卑怯者《ひきょうもの》になるぞ。この国の権力者《けんりょくしゃ》たちは情報を管理統制し、ありのままの事実さえ国民にかくすようになっている。おれが学問の道をめざしたのは、何らかの真実や真理を見極めたいと願ったからだ。だったら、こんな国家はいらない。天皇《てんのう》も政府も軍部もいらない。おれの中に巣くっている天皇や政府や軍部を捨てさったところで、今のこの国がどうなっているかを見極めたい。ありのままの事実の中へだ。

健一《けんいち》は、はじめて自分で納得《なっとく》できるところに立てた気がした。

どこでなにをしたらいいのかは、まだわからない。

だが、ありのままの事実の中心にむかって歩けばいいのだ。そこに行けば、自分のするべきことが見えてくるはずだ。健一は、自分にむかってうなずいた。

健一は山をおりることを、感謝《かんしゃ》の言葉とともにニキさんとトシさんに告げた。

夫婦はわらってうなずくだけだった。健一は「まれひと」でしかない。おとずれ、去っていくものだ。おそらくかれらのところには、そうした「まれひと」がときどきやってきて、いっしょに暮《く》らし、やがて去っていったのだろう。

やはりかれらは神々だと健一は思った。どうしようもない人間を、こうして導《みちび》いてくれた。体と心に、なにかすがすがしいものをそそぎこんでくれた。

かれらはかれらの中心で生きている。では、自分の中心とはなにか。そして自分がほんとうにむかうべき中心とはどこか。今はまだはっきりしないが、とりあえず空襲《くうしゅう》されているただ中へと行くしかない。それが今想像しうる健一の中心だった。

いつかまたこの天空《てんくう》の道を歩きに来てみたい。そのときは、自分の中に中心となるものをもっておとずれたいものだ。健一はそう思いながら、曇天《どんてん》の山道をおりていった。

敗戦まで、あと一か月半のことであった。

四の章

光《ひかり》蝶《ちょう》のこと

7 鈴鹿峠《すずかとうげ》

蝶《ちょう》。

鱗翅目《りんしもく》アゲハチョウ上科《じょうか》とセセリチョウ上科に属する昆虫《こんちゅう》の総称《そうしょう》。

日本の古代においては、死者の魂《たましい》がよみがえった姿《すがた》として忌《い》み嫌《きら》われた。そのせいか、万葉集《まんようしゅう》には蝶を詠《よ》んだ歌がひとつもない。しかし復活や再生といったイメージから、戦場で命のやりとりをする武士の家紋《かもん》に用いられるようになった。

日本にかぎらず、ほかの民族や国々でも蝶は霊魂《れいこん》や死にかかわるものと考えられてきた。またキリスト教では「復活」、仏教では「輪廻転生《りんねてんしょう》」、ギリシャ神話では「魂や不死」の象《しょう》徴《ちょう》である。

蝶よ花よと育てる、ということわざがあるように、蝶には可憐《かれん》で美しいものという印象がある。また、祝儀袋《しゅうぎぶくろ》に胡蝶《こちょう》結びが用いられることなどから、現在では美しくめでたいものと考えられている。

なお「蝶」は漢語であり、和語としては「かはひらこ」や「てこな」などがある。

とりあえず「蝶」について調べたことを、悠真《ゆうま》はそのようにまとめてみた。

もしすべての幻想《げんそう》に意味があるとしたら、そしてなんらかの共通点があるとしたら、おそらく霊魂や輪廻転生といったことだろう。三回も見た幻想物語から、悠真はそう思うようになった。

ただ、悠真は霊魂も輪廻転生も信じてはいない。というより、証明しようのないものに依存《いぞん》したりふりまわされたりしたくなかった。

しかし幻想をたびたび見るのは事実だし、精神の錯乱《さくらん》でないかぎり、そこにはなんらかの意味があるはずだった。

夏合宿はぶじに終わった。列車の中で見た幻想《げんそう》は、つらく悲しいものであった。けれど健一《けんいち》という青年は、少なくとも一歩踏《ふ》みだしていったのだ。あのあと、どうなったのだろう。どちらにせよ、もうこの世の人ではない気がする。けれど、これから大人になっていく悠真《ゆうま》にとって、なにか勇気づけられるものがあった。そのせいか平常心で合宿に臨《のぞ》むことができた。

そして、できるだけはやく鈴鹿峠《すずかとうげ》へ行こうと思った。そこへ行けば、幻想の意味がはっきりするはずだ。

夏合宿のあと、弓道部《きゅうどうぶ》は一週間の休みに入った。悠真は家で三日ほどのんびりした。自分の部屋で、スマホを使って鈴鹿峠についてあれこれ検索《けんさく》した。

とりあえず行き方を調べた。するとかなり不便なところであることがわかった。しかも電車やバスでは、とちゅうまでしか行けない。

悠真は机《つくえ》のひきだしから預金通帳を取りだした。残金が三万円ほどある。二月までは十万円近くあったのだが、友也《ともや》や俊作《しゅんさく》といっしょに自動二輪の免許《めんきょ》をとった。その費用で残金が少なくなっているのだ。しかしこの三万円も、弓《ゆみ》かけ（革《かわ》の手袋《てぶくろ》のようなもの「韘《ゆがけ》」ともいう）を買うつもりでとっておいたものだ。

「ま、しかたねえな。お盆《ぼん》には、東京のおじいちゃんちに行くし、こづかいを期待するか」

悠真はひとりごちて、スマホをまた手にした。

オートバイのレンタルを考えていたのだ。検索すると、悠真の家からいちばん近い店が北大路《きたおおじ》通にあった。調べてみると思ったよりも安い。

山道を走るかもしれないので、オフロードタイプの百二十五ｃｃ《シーシー》を選んだ。八時間で五千円の料金だった。ヘルメットのレンタルが千円。あわせて六千円である。

「これが今年のおれの夏休み」

いいわけするようにつぶやいて、バイク店の電話番号をタッチした。

鈴鹿峠《すずかとうげ》は三重《みえ》と滋賀《しが》の県境をまたぐ峠である。

標高三百五十七メートル。

旧東海道《きゅうとうかいどう》にある峠で、東の箱根《はこね》・西の鈴鹿といわれるほど、旅人にとってはけわしい道であった。

八月のはじめ、悠真《ゆうま》はオートバイで鈴鹿峠をめざした。日焼け防止のために、長袖《ながそで》のT《ティー》シャツに夏物のジーンズをはいた。

高速道路を使えばはやく行けるが、節約のために国道1号線をひた走った。1号線は現在の東海道である。鈴鹿峠まで片道《かたみち》およそ六十キロメートル。日帰りでじゅうぶん行ける。

ひさしぶりにオートバイにも乗れるので、けっこう心が浮《う》きたった。

とちゅう「あいの土山《つちやま》」という道の駅でひと休みした。鈴鹿峠まではすぐのところである。クーラーのきいた休憩所《きゅうけいじょ》で水分をとり、悠真はふたたびバイクに乗った。

すぐにゆるやかな登り坂となり、山あいの道になった。道路は整備されていて快適である。カーブをまがるとトンネルが見えてきた。そこをぬけるとくだり坂である。あっけないほど簡単《かんたん》に鈴鹿峠を越《こ》えたのだった。ここはもう三重県側であった。

だが今日の目的地は、旧東海道の鈴鹿峠である。

急カーブの連続する坂道をおりていくと左側に橋があった。そこを左折すると旧道に出る。これが昔の東海道である。旧道をあともどりするようにあがっていけば、鈴鹿峠への道となる。

杉林《すぎばやし》にかこまれた道であった。やがて右方向に神社の鳥居《とりい》が見えてきた。片山《かたやま》神社とほられた石柱がたっている。急な石段《いしだん》が上にのびていた。あたりは深い森で、セミの声がわくようにひびいていた。

ここからさきは道も舗装《ほそう》されていなかった。オフロードタイプのバイクなので、エンジンをふかして登ることもできた。だが、神域《しんいき》ともいえるおごそかな空気を、エンジン音でこわすことに悠真《ゆうま》は躊躇《ちゅうちょ》した。歩いても、峠《とうげ》まではたいした距離《きょり》ではない。

悠真はバイクを鳥居《とりい》の前において歩くことにした。

参道の石段《いしだん》を登っていくほうが近道らしい。神社そのものは、火事で焼けて今はない。ずいぶん荒《あ》れはてているなと思ったとき、石段が終わり空がひろくなった。空き地になっていて、すみにほこらのようなものがあるだけだった。

その空き地の横手から、峠へとつづく道があった。石灯籠《いしどうろう》がならぶ坂道である。それが石畳《いしだたみ》のじぐざぐ道になり、さらに急勾配《きゅうこうばい》の石段になった。深い森の中なので、日ざしはさえぎられている。けれどもやはり暑かった。昔の人は、こんな山道を歩きつづけて旅をしたのだ。おまけに山賊《さんぞく》が出没《しゅつぼつ》して、旅人を苦しめたという。

さらにじぐざぐの道を行くと、上のほうに杉林《すぎばやし》が見えてきた。登るにつれて樹木《じゅもく》におおわれ暗くなっていく。息を切らしながら登りつめていくと、急に平坦《へいたん》なところに出た。

「ここだ」

春の弓道《きゅうどう》大会の、第四の矢で見た風景がそこにあった。

深い杉林におおわれた峠であった。夏の真っ昼間だというのに暗い。密生《みっせい》した杉で空も見えない。空気もどこかひんやりとしていた。

ただ、深い杉林のむこうが、まるでトンネルの出口みたいに明るい。そちらに歩いていくと案内板があった。ここが鈴鹿峠《すずかとうげ》であり、三重《みえ》と滋賀《しが》の県境でもあると表示されていた。その歴史や伝説なども書かれている。昔は茶店や関所などもあったらしい。

杉林をぬけると滋賀県側であった。茶畑がゆるやかな斜面《しゃめん》にひろがり、夏野菜をうえた畑も見える。真夏のまぶしい太陽が照りつけ、空もひろい。あの青空のむこうに琵琶湖《びわこ》があるのだろう。

旧東海道《きゅうとうかいどう》は、ここからゆるいくだりとなっていく。まるで高原といった感じの風景であった。

すこし歩いてみたが、あまりに暑いのですぐにひきかえした。

県境に立つ案内板のところにもどってくると、ふいにあの感覚がした。心がざわめく。

「そろそろ来るな」と悠真《ゆうま》は直感した。

これまで三度、悠真は幻想《げんそう》物語を見た。そこにあらわれるモンキチョウには、あるパターンがあることに悠真は気づいていた。一度めのときは一《ひと》ツ蝶《ちょう》で、二度めは二《ふた》ツ蝶《ちょう》、そして三度めはまた一ツ蝶。ということは、つぎは二ツ蝶だということになる。

視線《しせん》のさきには、さっき登ってきた杉林《すぎばやし》があった。まっすぐ三重《みえ》県側に道がのびている。

ふりかえると、日ざしにまぶしい道が滋賀《しが》県側にのびていた。

そのとき、まるでクロスするように、左右にのびる細い道があることに気がついた。

右方向の茶畑のふちからその道はのびてきて、旧東海道《きゅうとうかいどう》を横切って左方向の山にぬけている。よほど注意しないと気づかない細い道であった。

「来た」

右方向の道からモンキチョウが舞《ま》いおりてきた。上下にゆれながら悠真《ゆうま》の前を飛んでいき街道を横切った。そのまま左方向へと飛び、山の中へと消えていった。

すると、それを追いかけるように、もう一匹《ぴき》のモンキチョウがおりてきた。同じように左方向へ飛んでいき、山道へと消えていった。

「やっぱりそうなんだ」

悠真には、ひとつの確信が生まれていた。一《ひと》ツ蝶《ちょう》の孤独《こどく》や悲しみのあと、かならず二《ふた》ツ蝶《ちょう》の幻想《げんそう》があらわれる。つまり、悠真に呼《よ》びかけてくるかすかな声は、一ツ蝶を呼ぶもう一匹の一ツ蝶なのだ。

ところが今回はそれで終わらなかった。暗い杉林《すぎばやし》のほうからも、モンキチョウが飛んできたのだ。光がゆれながら飛んできたように見えた。悠真の頭上を越《こ》えると滋賀《しが》県側に消えていった。そしてまた、それを追いかけるようにモンキチョウが飛んでいった。

光の十字をきるように、モンキチョウたちが交叉《こうさ》していったのだった。

メイジノ、ゴイッシン。

悠真はそうつぶやいていた。

8 御一新《ごいっしん》の風

慶応《けいおう》から明治《めいじ》になって三年めのことであった。

反吐《へど》が出るほど長くつづいた徳川《とくがわ》だった。それが崩壊《ほうかい》すれば、どれほどすばらしい世の中がくるか、と多くの者が思っていた。

坂本進二郎《さかもとしんじろう》もそうであった。十五で土佐《とさ》を脱藩《だっぱん》し、長州《ちょうしゅう》の奇兵隊《きへいたい》に加わった。薩摩《さつま》と長州が手を結びいよいよ倒幕軍《とうばくぐん》が編成されると聞き、いても立ってもいられなくなったのだ。十七歳《さい》だとうそをついて入隊した。

今は京都《きょうと》の洛外《らくがい》にある長屋《ながや》に住んでいる。

「母様。味噌汁《みそしる》くらいはのまんと、治るものもなおらんきに」

母親が土佐から息子《むすこ》をたよって出てきたのは、この春のことであった。足軽格《あしがるかく》の家で、もともと貧しかった。父親が死に、親戚《しんせき》にもうとまれたのか、母親は行き場を失ったように京都にやってきた。旅のつかれが出て、まもなく寝《ね》こんでしまった。

医者の診立《みた》てによると、だいぶ肝臓《かんぞう》が弱っているらしく、肺臓《はいぞう》にも病があるようだった。すぐにどうということはないが、このままでは回復する見こみもないらしい。高い治療費《ちりょうひ》と薬代を工面すればまた話はべつだが、ということであった。

「どうも食が進まんでの。寝ちょるほうが、たいちゃあ楽ながよ」

セミの声が早朝からしている。アブラゼミからツクツクボウシにかわってきているが、まだまだ暑かった。病人にはこたえる季節である。母親はけだるそうにおき上がり、路地からさしこむ光をまぶしそうにした。

京都の夏はひどく蒸《む》し暑い。三方を山にかこまれているせいか、鍋底《なべぞこ》のように暑さがたまるのだった。土佐も暑いが、もっとからっとしていた。進二郎はときどきふるさとの城下町を思い出す。夏は鏡川《かがみ》で泳ぐものときまっていた。泳いだあとは、井戸《いど》で冷やしたきゆうりを食べた。

思い出すのはなぜかいいことばかりだった。だがすぐに、そうじゃないと、自分にいいきかせる。足軽《あしがる》という身分によって、どれだけ心を傷《きず》つけられおとしめられてきたか。土佐《とさ》を出れば、自分のほんとうの力を発揮《はっき》できる。土佐勤皇党《ときさきんのうとう》の大弾圧《だいだんあつ》に見られるように、ここでは下級武士の活躍《かつやく》できる余地《よち》はないのだ。まして足軽という、士分としても認《みと》められない自分には、土佐を出て力をためすしかない。

倒幕《とうばく》やら公武合体やら、あるいは攘夷《じょうい》やら開国やら、いろいろ議論《ぎろん》はある。しかし正直なところ、進二郎《しんじろう》はこのままで人生を終わらせたくなかっただけだ。

膳《ぜん》には味噌汁《みそしる》とたくあん、それに飯がのっている。あいかわらず貧しい暮《く》らしだが、なんとか生きている。まげは落としたが、今でも自分は武士だと思っていた。そう思わなければ心がほんとうに折れてしまいそうだった。

「進さん。明け方に帰ってきて、さぞかしつかれちょりましょう。わしのことはええきに、はよ朝餉《あさげ》をいただき、安気《あんき》に寝《ね》なされや」

「そうします。じゃから、母様も食べてつかあさい。安心して、眠《ねむ》れんきに」

「そうかえ。すまんことやねや。ほしたら、いただくかね」

母親は寝床《ねどこ》からはうようにして膳の前にすわった。味噌汁をすすると、それだけでつかれたようにため息をついた。

この夏をなんとか乗りこえてくれれば、と進二郎は母を気づかった。しかし夏を越《こ》えたからといって、今のままではいい薬を飲ませることもできない。去年、大阪《おおさか》に大阪府医学校病院というのができた。そこで治療《ちりょう》をしてもらえれば、治るかもしれない。そのためには、とりあえず金がいる。

外ではあいかわらずセミが鳴いていた。


目をさましたのは昼すぎであった。

眠《ねむ》りたらなかったが、暑くて目がさめてしまったのだ。母親は納戸《なんど》のある三畳《じょう》の部屋で横になったままである。団扇《うちわ》を使うのもめんどうなのか、横むきになってじっとしていた。

進二郎《しんじろう》が借りている長屋《ながや》は、入り口すぐのところにある板間と、奥《おく》に畳《たたみ》部屋が二間《ま》あった。長屋としてはわりといい間取りで、そのぶん家賃《やちん》もそこそこした。母が土佐《とさ》から頼ってきたとき、思い切って宿がえをしたのだ。

母は足軽《あしがる》の父のもとに嫁《とつ》いだが、実家は郷士《ごうし》でやはり侍《さむらい》の家系《かけい》であった。父は身分は低かったが、武士としての素養《そよう》を十分身につけ、藩《はん》のために一身を尽《つ》くしていた。

土佐藩《はん》では、藩主《はんしゅ》の山内《やまうち》家を筆頭に上級武士が層《そう》をなし、その下に郷士が格付《かくづ》けされていた。郷士はもともとから土佐にいた地侍《じざむらい》で、山内家の直系《ちょっけい》の家臣ではない。足軽はさらにその下に格付けされた身分であった。苗字帯刀《みょうじたいとう》はゆるされたが、上級武士からは虫けらのようにあつかわれることもあった。

それでも侍は侍、一身をささげてのご奉公《ほうこう》が父の武士魂《だましい》であった。母もまたそれに純《じゅん》朴《ぼく》に従《したが》った。わが息子《むすこ》であろうと、男児《だんじ》に対しては礼を尽くし節を重んじた。だからここへ宿がえしてからも、納戸のあるうす暗い三畳間でしか寝《ね》なかった。明るくひろい六畳間は、主人の寝おきする部屋だと考えているようだった。

進二郎はそんな母に堅苦《かたくる》しさを感じたが、自分をどれだけ慈《いつく》しんで育ててくれたかもわかっていた。どんなときでも、母はやさしかった。成長するにつれ、足軽身分であることでつらい目にあうようになった。反発して、けんかざたをおこすこともあった。だが、いつも母だけはかばってくれた。

兄がささいなことで上級武士に斬《き》られたのが、進二郎が十三のときだった。兄は傷《きず》の痛《いた》みに苦しみながら三日後に亡《な》くなった。斬った武士の罪《つみ》は不問に付され、逆に父に対しては監督《かんとく》不行き届きということで二年ものあいだ職《しょく》を解かれた。

進二郎が土佐藩に、いや、幕府《ばくふ》というものに完全に見切りをつけたのがそのときであった。だが、武士そのものを棄《す》てようとは思わなかった。真の武士が武士らしく生きていける世の中を作らねば、と今から思えばつごうのいいことを考えていた。

父が職《しょく》に復帰する直前に、進二郎《しんじろう》は土佐《とさ》を棄《す》てた。母は進二郎の思いを理解していた。脱藩《だっぱん》の二日前、門出を祝うものだとしてひとふりの小太刀《こだち》をくれた。おそらく父も、息子《むすこ》の決心には気づいていただろう。止めようとはしなかった。それが父なりの藩《はん》への思いでもあった。

つまり父は職に復帰しなかった。室戸岬《むろとみさき》に近い田畑つきの小さな農家を買いとり、そこで余生《よせい》を送ったと聞く。

長男を失い、夫を失い、親戚筋《しんせきすじ》からもうとまれ、そうして息子を頼《たよ》ってきた母を、進二郎はたいせつにしたいと思った。

母は空咳《からせき》をときどきしながら、じっと死をまつように横たわったままであった。

もうすこし、仕事をふやしてみるか。

進二郎は母の背中《せなか》を見ながらそう思った。

「母様。ちょっと出かけてくるきに。夕刻《ゆうこく》にはもどりますゆえ、安気《あんき》に寝《ね》ちょってつかあさい」

「あい、わかりました。いってらっしゃい」

息子が出かけるときは、どんなに体がつらくても、きちんとおきあがり頭をさげる。ふいにこみあげてきそうなものがあった。奇兵隊《きへいたい》以降《いこう》、数えきれないほどの死を見つめてきたせいか、心が弱くなったのかもしれない。進二郎はまだ十九だが、我《われ》ながら老成してしまったような気がしていた。はかまに単衣《ひとえ》の着物で、笠《かさ》をかぶった。暑さよけのためもあるが、顔をかくすのがいちばんの目的である。今の仕事についてから、それは習慣になっていた。

洛外《らくがい》から京都《きょうと》の三条《さんじょう》近くまで、歩けば一里ほどであった。炎天下《えんてんか》といえる道筋《みちすじ》には、まだところどころに焼け跡《あと》のさら地があった。それがさらに暑さをますように感じられた。

ここで戦《いくさ》があった。のちに戊辰《ぼしん》戦争と呼《よ》ばれる戦いのはじまった場所だ。新政府軍が幕《ばく》府軍《ふぐん》を追いつめ、多くの死傷者《ししょうしゃ》を出した。そのとき進二郎《しんじろう》は、すでに今の仕事についていた。だからその渦中《かちゅう》にはいなかった。それでも血なまぐさいにおいは、洛中洛外《らくちゅうらくがい》を問わず漂《ただよ》ってきていた。

思い出したくもない記憶《きおく》が、頭の中で明滅《めいめつ》しては消えた。

長州《ちょうしゅう》で入隊した奇兵隊《きへいたい》。はじめは西洋式軍隊の教練がめずらしかった。武士、町人、農民など、身分に関係なく兵として活躍《かつやく》できる。長州では神のように敬《うやま》われた吉田松陰《よしだしょういん》の『西洋歩兵論《せいようほへいろん》』も読むことができた。だが、けっきょくここにも身分や階級による差別があった。おもてむきの平等とはちがうものが、隊の上層部《じょうそうぶ》に巣くっているのだった。

進二郎は二年ほどで奇兵隊を脱退《だったい》した。十七歳《さい》になっていた。命をかけての戦いというものが、いったいどういうものなのか、それを知れただけでもよかったと思う。そのまま京都《きょうと》をめざした。大政《たいせい》が幕府《ばくふ》から朝廷《ちょうてい》に奉還《ほうかん》されたからだ。天皇《てんのう》のお膝《ひざ》もとである京都に行けば、自分のほんとうの力が発揮《はっき》できると考えた。

しかし京都は混乱《こんらん》のまっただなかにあった。幕府軍と新政府軍が衝突《しょうとつ》するのは時間の問題だとうわさされていた。てっとりばやく仕事にありつくには、新政府軍の傭兵《ようへい》になることだった。だが、それでは同じことをくりかえすだけだと思った。どこまでいっても、しょせんは侍《さむらい》同士の権力《けんりょく》争いなのだ。もっと、ちがうなにかがいる。自分の力を発揮するには、もっとちがうなにかだ。もちろん、戦争という殺しあいの恐怖《きょうふ》を、できればこれ以上味わいたくないという思いもあった。

進二郎はとりあえず京都の三条《さんじょう》大橋をめざした。近くに土佐藩邸《とさはんてい》があるからだ。脱藩《だっぱん》したといっても、しょせんは足軽《あしがる》ふぜいのせがれが出奔《しゅっぽん》しただけだ。父も侍を捨てたようだし、おとがめもないだろう。土佐藩邸を訪《たず》ね、旧知の人を頼《たよ》ろうと考えたのだ。せめて泊《と》まるところだけでも紹介《しょうかい》してもらうつもりであった。

しかしすでに藩邸はものものしい雰囲気《ふんいき》に包まれていた。会津藩《あいづはん》を中心とする幕府軍と、薩摩《さつま》と長州を中心とした新政府軍が、いつ衝突してもおかしくない状態にあった。土佐藩もその影響下にあったのだ。とてもじゃないが、藩邸に取りつぎを願えるようすではなかった。

おまけに京都《きょうと》の町は思った以上に荒廃《こうはい》していた。三年前の元治元年《げんじがん》におきた戦《いくさ》（禁門《きんもん》の変《へん》とか蛤御門《はまぐりごもん》の変とか呼《よ》ばれる）によって、市中の大半が焼失していたのだ。

しかたがないので、三条大橋《さんじょう》のたもとまでもどってきた。このあたりは焼けなかったらしく、家々が建ちならんでいた。しかし木枯《こが》らしが吹《ふ》きつけ、寒さが身にしみてくる。さて、これからどうしようかと思っていたときだった。

「失礼さんどすが、さきほど土佐《とさ》様の藩邸の前におられた方やおまへんか」

ふりかえると、商人ふうの男がいた。五十代くらいのかっぷくのいい男で、どこかの商店主といったところであった。

「そうですが、なにか」

「わては近江屋右衛門《おうみやうえもん》という商人どすが、なにかおこまりではありまへんか。よけいなおせっかいやったら、ゆるしとくれやす。御身《おみ》なりからすると、長旅をされて、ようやっと京に着かれたところとお見受けいたしました。今夜のお泊《と》まりは」

「いえ、まだ」

長旅でうすよごれ、しかもどこの馬の骨《ほね》ともわからぬ進二郎《しんじろう》に、親切に声をかけてくれた。うれしくもあったが、警戒心《けいかいしん》もわきあがった。しかし頼《たよ》るところのない進二郎にとっては、たとえ裏《うら》になにかがあっても、とりあえず話を聞くしかなかった。

近江屋右衛門は、ありていにいえば飛脚問屋《ひきゃくどんや》の主《あるじ》であった。とはいっても、書状や荷を直接客からあずかり、人足《にんそく》をつかって飛脚をする問屋とはすこしちがう。飛脚となる人足を集めて、飛脚問屋に派遣《はけん》するのが仕事であった。いわば飛脚人足の口入屋《くちいれや》とでもいえる商売であった。

ただ、書状や荷などをまったくあつかわないというのでもなかった。とくに緊急《きんきゅう》を要し、しかも危険《きけん》をともなうものや、おもてむきでは送れない物など、いわば裏の飛脚もやっていた。世情が大混乱《だいこんらん》しているこのとき、「裏稼業《うらかぎょう》」としての飛脚《ひきゃく》はけっこう繁昌《はんじょう》しているのだった。土佐藩邸《ときはんてい》に右衛門《うえもん》が行っていたのも、そうした件で呼《よ》ばれていたのだろう。京《きょう》に出先機関をおく多くの藩《はん》は、国元の指示をあおぐための密書《みっしょ》を藩邸から連発していた。

藩によってもちがうが、飛脚を業者に頼《たの》まないところもある。そうした藩は、足軽《あしがる》や小者と呼《よ》ばれる身分の者が飛脚のかわりをした。はじめ右衛門からさそわれたとき、結局足軽と同じことをするのかという思いが胸《むね》をよぎった。しかしとりあえず食わねばならなかった。それに、右衛門は、世情や政治むきのことにくわしかった。進二郎《しんじろう》が聞けば、さまざまな情報をおしげもなく教えてくれた。この男のもとで、働いてみるのもいいかもしれない。もともとこどものころから足ははやかった。これも運命か。半ばやけくそぎみに、そう結論《けつろん》を出したのだった。

近江屋《おうみや》の店は、鴨川《かも》ぞいにあった。うなぎの寝床《ねどこ》といわれるように、京都《きょうと》の町家《まちや》は細長い。しかも隣《となり》の家との境がほとんどないために、昼間でもうす暗い。二日ほどそこの二階で寝泊《ねと》まりしたあと、伏見《ふしみ》にある長屋《ながや》のひと部屋をあてがわれた。長屋にしてはめずらしく二階家であった。一階には老夫婦が住み、進二郎は二階の部屋であった。むこう半年かけてかせぎ、宿賃《やどちん》はそのあとでいいという条件《じょうけん》であった。さらに、前金まで支給された。

なぜそこまで近江屋がしてくれるのか、進二郎にはわからなかった。ありがたいという素直な思いとともに、これはきっとなにかあるなという疑心《ぎしん》もあった。そのまま三日ほどがすぎて、近江屋から呼びだしがあった。

近江屋の二階には、鴨川を見おろせるかくし部屋のようなものがあった。そこに案内され、主人の右衛門から一人の飛脚を紹介《しょうかい》された。

はじめは男だと思った。髪《かみ》はひっつめて、後ろでくくっていた。顔は日焼けして、細面《ほそおもて》の精悍《せいかん》な目つきをしていた。肩《かた》もけっこうはっていて、正座している姿勢《しせい》もよかった。着物もくずすことなくきちんと着ている。しめた帯も、男物であった。しかし膝《ひざ》のところにおいた両手は、関節は太いが指そのものはほっそりしていた。

侍《さむらい》でもない。商人ふうでもない。かといって、飛脚《ひきゃく》と呼《よ》ぶには体から発しているものがしずかすぎた。近江屋《おうみや》に出入りする人足《にんそく》たちは、荒《あら》くれ者ややくざ者がけっこういた。ふつうの飛脚問屋《どんや》とちがい、いわば臨時《りんじ》やといの人足が多いのだ。かせいだ金は、酒や博打《ばくち》に使ってしまうような輩《やから》も多かった。

近江屋右衛門《おうみやうえもん》がいった。

「お香《こう》どす。今日からしばらく、この人のもとで見習いをしていただきます。いわれるとおりにはげんでくだされば、それでよろしおす。では」

あっけなかった。

近江屋はすぐに席をはずした。

お香は一礼するといった。落ちついた声であった。

「香です。よろしくお願いします」

ほとんどなまりがなかった。東のほうの人間かもしれなかった。

「坂本進二郎《さかもとしんじろう》です。とりあえずよろしく」

ややぶっきらぼうな進二郎のあいさつであったが、お香はまったく表情をかえなかった。よく見れば、左の頰《ほお》に、うっすらと傷《きず》あとがあった。あわてて目をそらすと、お香はやや声を強めていった。

「お名前は、稼業《かぎょう》のときはかえるのがいいでしょう。いろいろわけありの仕事ですから」

声はやはり男のものではなかった。そういえば、のどぼとけが出っぱっていない。

女か。

そう思ってもう一度見ると、まゆや口もとには、男にはない線の細さがあった。だが眼光《がんこう》はするどい。顔全体に意志の強さがあらわれていた。正座《せいざ》している姿勢《しせい》にもすきがない。

いったいこの女は何者なのだ。

進二郎は妙《みょう》な世界に足をつっこんでいくのを感じた。

仕事はつぎの日からさっそくあった。午後の申《さる》の刻《こく》に近江屋に集まり出立《しゅったつ》した。書状を名古屋《なごや》の武家に届けるものであった。冬の日暮《ひぐ》れははやい。あと半時《はんとき》もすれば日も傾《かたむ》く。こんな時刻《じこく》に出発することからして、書状が尋常《じんじょう》のものではないことがわかる。進二郎《しんじろう》は見習いなので、書状はお香《こう》がもっていた。もしとちゅうでお香になにかあれば、進二郎がひきつぐことになっていた。

お香はすげ笠《がさ》をかぶり、下は股引《ももひき》に脚絆《きゃはん》をつけ、小袖《こそで》の着物の上に紺地《こんじ》の合羽《かっぱ》をはおっていた。脇差《わきざし》も差している。町人の典型的な旅姿《たびすがた》であった。ただかわっているのは、わらじが革《かわ》で作られていることだった。お香が自分で作ったものだろう。

進二郎は、冬物の着物とはかましかない。いちおう替《か》えのわらじだけは腰《こし》にぶらさげてきた。飲み水を入れる竹筒《たけづつ》と笠。あとは小太刀《こだち》を差しているだけだ。

東海道《とうかいどう》を通るのかと思ったら、三条大橋《さんじょう》から鴨《かも》川沿いに南へくだっていった。その間に、お香は歩き方を教えてくれた。

これから長い道のりをほとんど休むことなく歩きとおす。いわゆる早飛脚である。歩くのでもなく走るのでもない。小走りの走法であった。それはお香があみだした独特の走法なのか、もともとあるものなのか進二郎は知らない。

お香はいった。

「ものを考えるとき、人は胸《むね》のところで腕《うで》を組みます。その姿勢《しせい》ですこし腰《こし》を落としぎみに歩きます。目は二間《けん》さきの地面だけを見ます。地面に石が出ていないか、人がいないか、それだけに集中してください。よけいなことを考えないためです。できれば、数をかぞえるといいでしょう。耳をよくすまし、あたりに異常《いじょう》がないかを一方で注意します。山道では腕をおろしてください」

いわれるとおりに進二郎は腕を組み歩いた。前を歩くお香は、ふつうに歩いているように見えるが、速度は小走りであった。

「見ておぼえてください。おくれても、まちません。がんばってください」

それだけだった。

あとはひたすら歩いた。はじめはついていくのに必死で、息もみだれた。そのうち、だんだんこつもつかめて、体も慣れてきたのか呼吸《こきゅう》も楽になった。

そうしているうちに、山科《やましな》というところについた。東海道《とうかいどう》へ入るために近道をしたのか、と進二郎《しんじろう》は思った。だが、お香《こう》は山道へと入った。きこりがつかう杣道《そまみち》であろうか。細い道であった。いっきに山の上まであがると、そのまま尾根道《おねみち》を進んでいった。もう日は暮《く》れてきている。

歩きながらお香がいった。

「山科まであとをつけてくる者がいました」

気づかなかった。腹《はら》もへってかなりつらかったが、進二郎は平気なふりをしてこたえた。

「いってくれればよかったのに」

前を歩くお香が、声をおしころしてわらっているのがわかった。それからいった。

「さきまわりをして、鈴鹿《すずか》あたりでまちぶせしているかもしれません」

さすがに心臓《しんぞう》がどきりとした。進二郎が返事もできずにいると、お香はつづけた。

「だから、急ぎましょう。何者かはわかりませんが、お武家ならどこぞに馬を用意しているかもしれません」

「なるほど」

覚悟《かくご》するしかない。進二郎は素直にうなずいた。するとお香はさらにいった。

「夜になれば、馬は走れません」

またわらっているのがわかった。

からかわれたのだろうか。半分はそうだろうが、あとの半分はおそらくほんとうのことだろう。つけられていたのだ。そして、ねらわれている。届ける書状は、それだけの価値《かち》があるものなのだ。飛脚《ひきゃく》ふぜいの命よりも、ずっと。

もちろん書状の中身については知らされていない。届けるだけが仕事なのだ。

日が暮れてすっかり闇《やみ》になると、お香は小さな手提灯《てぢょうちん》に火をともした。棒《ぼう》のさきにつるして、足もとを照らしながら進んでいった。まだ一度も休んでいない。さすがの進二郎《しんじろう》も限界に近づいていた。

お香《こう》はふいに尾根筋《おねすじ》からそれると、道をくだった。水のわきだしているところだった。そこでのどをうるおし、近江屋《おうみや》から渡《わた》されたにぎり飯を食べた。

「さすが近江屋右衛門《おうみやうえもん》が見ぬいただけのことはあるね。進さんと呼《よ》ばしてもらうよ。まさかはじめてで、ここまでついてくるとは思わなかったよ」

とつぜん、なれなれしいい方になった。進二郎がなにかこたえる間もなくお香は立ち上がった。

「さて、行きますよ。できれば、豆でももってくるほうがいいです。腹《はら》がへると歩けなくなりますからね」

お香のいい方はもとにもどっていた。ふところから布の小袋を出し、ひとつかみ炒《い》った大豆《だいず》を渡してくれた。

「一度に食べずに、二粒《つぶ》ずつ、時間をおいてかむといいです」

ありがとうと進二郎がこたえる前に、お香は山の斜面《しゃめん》をかけあがっていった。

ふしぎな人だ。と進二郎は思った。

早足が功を奏《そう》したのか、鈴鹿峠《すずかとうげ》でのまちぶせはなかった。東海道《とうかいどう》をまたぐように横切り、尾根筋を名古屋《なごや》にむけて走った。東海道にはいくつも関所があるが、一度も通らずに名古屋近くまで到達《とうたつ》できた。こんな裏道《うらみち》があるのかと、進二郎はおどろいた。

ところが、前を行くお香が立ちどまった。夜が明けかかるころだった。そこはいったん山の稜線《りょうせん》からおり、べつの山の尾根にあがったところであった。東の空がうっすらと明るくなっている。揖斐川《いびがわ》、長良川《ながらがわ》、木曽川《きそがわ》の三つの大河が下に見えていた。やがてひとつになって大海に流れこんでいくところでもあった。お香は携帯用《けいたいよう》の手提灯《てぢょうちん》をしまった。

この山の稜線《りょうせん》をおりれば、あとは濃尾《のうび》平野をつきすすんでいくだけだ。息をぬいてひと休みするのだろう。進二郎はかってに決めこんで、腰《こし》にぶらさげていた竹筒《たけづつ》の水を飲んだ。

お香《こう》がやや緊張《きんちょう》した声でいった。

「この下の森に、不穏《ふおん》な気配があります。いつでも刀をぬけるようにしておいてください。相手はおそらく無言で斬《き》りかかってくるはずです。まずはそれをはねのけて、思い切り早足で逃《に》げてください。けっして、相手をたおそうとは思わず、まずは逃げることを第一にしてください。では、行きますよ」

お香はいいながら、脇差《わきざし》の鞘口《さやぐち》を指でゆるめた。そのまま小走りで、坂をくだっていった。

進二郎《しんじろう》は、正直まいったなと思った。ある程度は覚悟《かくご》していたが、いきなり命のやりとりになるとは。

だが、前金として近江屋《おうみや》がくれた金は、予想以上に高額なものであった。仕事がぶじ終われば、残りの半分も手に入る。それはひと月くらいなら遊んで暮《く》らせる金額であった。

だからこそ、この危険《きけん》がともなうのだ。

進二郎は腹《はら》を決めて、小太刀《こだち》の鯉口《こいぐち》をやはり切った。お香の脇差よりも、やや長めの太刀《たち》だが、いわゆる大刀にくらべると短い。こうした山の中での戦闘《せんとう》には、むしろむいていた。左手で小太刀がぶれないようにおさえながら、お香につづいて駆《か》けおりていった。

くだり道がいったんおわり、樹木《じゅもく》にかこまれた平坦《へいたん》なところがある。そのあたりに、お香がいったように不穏な空気があった。そこにむかって、お香と進二郎は気迫《きはく》をたぎらせて駆けていった。

その気迫におどろいたのか、いかにもやくざふうの男が、岩かげから刀をぬいて飛びだしてきた。前後からはさみうちにしようと思ったのだろう。背後《はいご》の木かげからも、一人飛びだしてくる気配があった。

前を駆けていくお香はすでに抜刀《ばっとう》し、まっすぐ相手にむかっていく。そこにはなんの躊躇《ちゅうちょ》もない。お香の迫力《はくりょく》におされたのか、男はやや腰《こし》がひけていた。お香にむかって力まかせに刀をふりおろしていったが、お香は脇差でなんなくはねのけた。金属音がして、男の刀が吹《ふ》っとぶのが見えた。お香《こう》は刀の峰《みね》ではねのけたのだ。

そうか。とりあえずはねのけるには、刀の峰がいい。刃《は》こぼれもせずにすむし、刃こぼれがすればまた研《と》ぎ代もかかるし。とまずは金のことを心配する自分がなさけなかった。

だが、それよりもさきに、ななめ前から刃が飛びだしてくるのが見えた。進二郎《しんじろう》はそのまま小太刀《こだち》をぬき、下からすくいあげるように刃をはねのけると、ふりむきざまに相手の小手を打った。刀をもった相手の手首が、どすっと下に落ちるのが見えた。手首をなくした男が、前のめりになって林の中へ転げおちていった。

進二郎はそのまま走った。お香に刀を飛ばされた男が、とっさに匕首《あいくち》をぬいて身がまえていた。進二郎が小太刀をふりあげると、男は「ひえっ」と斜面《しゃめん》を駆《か》けあがっていった。

後ろから、追いかけてくる足音がする。たぶん二人だ。こいつらは、山賊《さんぞく》だろうか。いや、きっと書状をねらった刺客《しかく》であろう。それにしては、いずれもやくざふうの男であったから、書状といっても、たいしたことはないのかもしれない。いや、お香が運んでいるのは、書状ではないのかもしれない。しかしそれ以上のことは、裏飛脚《うらびきゃく》である進二郎にはわからないことであった。

男たちはあきらめたのか、やがて足音も消えた。

揖斐《いび》川の川原《かわら》で、ようやくひと息つけた。すっかり夜は明けていた。

お香が、うっすらと笑みを浮《う》かべながらも、ふしぎそうにいった。

「お侍《さむらい》だから剣《けん》がつかえるのはわかりますが、進さんの、あの走りはみごとでした。わたしにも教えてほしい」

長州《ちょうしゅう》の奇兵隊《きへいたい》で西洋式の訓練で身につけた走法であった。右足と左手、左足と右手、それぞれ逆に出す歩兵の走りである。体をひねることで、推進力《すいしんりょく》をつけるものだ。息は切れるが、思いもかけない速度を出せた。

「いいですよ。逃《に》げるにはいちばんの走法だ」

それがお香とのはじめての仕事であった。

刀をぬいてのやりとりが、それからも何度かあった。お香《こう》はどこで習ったのか、居合《いあ》いぬきの抜刀術《ばっとうじゅつ》も身につけていた。ときには手裏剣《しゅりけん》を投げることもあった。お香がふつうではない身分で育ったことが想像できた。ただ、この稼業《かぎょう》の裏飛脚《うらびきゃく》たちは、たがいの過去については聞かないのが決まりでもあった。

お香には、半年ほどついてさまざまなことを習った。今は「通し飛脚」をやっている。届けさきまで一人で運ぶ飛脚のことである。よほどだいじな書状や小荷物のときは、二人組で運ぶことになっていた。そうしたときのみ、お香といっしょに走った。

そんなことをあれこれ思い出しながら、三条《さんじょう》大橋近くの近江屋《おうみや》についた。店先の土間に、人足《にんそく》たちがたまっていた。かべに貼《は》られた紙を熱心に見ている。文字の読めない者もけっこういるので、読めるものが声を出して読んでやっていた。

主人の近江屋右衛門《おうみやうえもん》は店には出ておらず、手代《てだい》や奉公人《ほうこうにん》が、仕事の手配を人足たちにしていた。

「ほな、弥吉《やきち》さんと甚《じん》さんは、組で亀山《かめやま》の尾張屋《おわりや》さんまで二荷な。それから、ためさんと加助《かすけ》さんは、富小路《とみのこうじ》の栗山屋《くりやまや》さんとこに行っとくれやす。通しの飛脚やそうどす。枚方《ひらかた》から堺《さかい》方面」

明日の仕事を割りふりしているのだ。

「なあ、ためさん、聞いとりますか。なあて」

人足たちが、貼り紙の前でさわいでいるので、奉公人の声も大きくなる。

進二郎《しんじろう》は笠《かさ》をとって、人だかりの後ろから貼り紙を見た。

来月に早駆《はやが》け競争があるという掲示《けいじ》であった。これまでも、ときどきこうした催《もよお》しはあった。飛脚問屋《どんや》どうしの代表戦もあれば、個人《こじん》の競争もあった。だが、今度のものは、近江屋が単独で主催《しゅさい》するものらしい。しかも賞金が五十両であった。人足たちがさわぐのもむりはなかった。

酒くさい人足の男がさけぶようにいった。

「五十両やで、五十両。これが出えへんでおられるかいな」

「三次《さんじ》、勝とうと思うなら、まずは酒をやめるこっちゃな」

「ほんまに、そやそや」

どっとわらいがおこった。

進二郎《しんじろう》も思わずわらった。それにしても、五十両というのは賞金にしては大金だった。しかも出場資格は問わないとあった。誰《だれ》でも出場できるのだ。ただ、距離《きょり》は相当ある。伊勢《いせ》の四日市《よっかいち》から、東海道《とうかいどう》を京《きょう》の三条《さんじょう》大橋まで走るものであった。ざっと見積もっても三十里近くある。朝の辰《たつ》の刻《こく》出発だから、京の三条大橋に着くのは夕刻《ゆうこく》の七ツか暮《く》れ六ツだろう。半日近くも走ることになる。

五十両ともなれば、全国から足に自慢《じまん》の者が参加することになるだろう。勝ちめはないかもしれない。だが、五十両あれば、母親の病を治療《ちりょう》できる。一か八かで出てみるのもいいかもしれない。

しかし進二郎の心には、競争《きょうそう》に出ることを躊躇《ちゅうちょ》させるものがあった。ひとつは、自分の中にある「武士」がじゃまをしていた。早駆《はやが》けで賞金かせぎなど、武士のやることではない。徳川幕府《とくがわばくふ》はつぶれたが、侍魂《さむらいだましい》そのものがつぶれたわけではない。実際、新政府をかためているのは薩摩《さつま》、長州《ちょうしゅう》、土佐《とさ》のもと武士たちであり、日本刀がサーベルにかわっただけだ。

もうひとつは、早駆け競争に出れば、多くの観客たちに顔をさらすことになる。裏飛脚《うらびきゃく》にとっては、稼業《かぎょう》をしづらくなる面があった。たとえばお香《こう》のように長くやっている裏飛脚は、人知れずうらみをかっていることがあった。たおした相手の家族などからねらわれることもあるのだった。

裏飛脚はけっこう金になる。早駆け競争に出たとしたら、稼業そのものをやめなくてはならないかもしれなかった。かといって、ふつうの人足として飛脚《ひきゃく》をするつもりもない。裏飛脚がふつうの飛脚より身分が上などということはけっしてないのだが、進二郎の中では人足《にんそく》にまで身を落としたくないという自尊心《じそんしん》があった。それもまた、「武士」の心であった。

その「武士」に、足軽《あしがる》だとばかにされ、兄は斬《き》られて死んだ。父も母も血を吐《は》くようなつらい思いをしてきた。その「武士」から脱藩《だっぱん》し、「武士」をたおすために奇兵隊《きへいたい》に入った。そこでも「武士」の階級や出身によって差別され、そのくせ「武士」として身につけた武術を使って生きている。しかも他人にはいえない裏飛脚《うらびきゃく》であった。

なにが武士だ。なにが侍魂《さむらいだましい》だ。進二郎《しんじろう》は、自分の中に巣くう矛盾《むじゅん》に気づいていた。気づきながらも捨てられないのが「武士」であった。

「おや、岡本《おかもと》さん。どないしはったんどすか。まあ、よかったらどうぞ」

ふりむくと番頭の源七《げんしち》がいた。奥《おく》の部屋へどうぞというふうに、手招きしていた。

進二郎は、ここでは岡本進吉《しんきち》だと名乗っていた。稼業用《かぎょうよう》の偽名《ぎめい》である。

「すみません」

進二郎はかるく会釈《えしゃく》をして、奥へと進んだ。

帳場のある店から奥へは、細い土間をすすむ。京都《きょうと》独特の家の造りで、外の暑さをやわらげる工夫があちこちにあった。細長い家屋のとちゅうに中庭がある。石灯籠《いしどうろう》や草木が植えられ、かならず打ち水がされていた。家の表と裏《うら》から風が入ってきて、この中庭から空へぬけていく。土間そのものが冷えているし、あちこちに石畳《いしだたみ》がおかれているので、それがまた涼《りょう》を呼《よ》ぶ。いつかはこうした家に住みたいものだと、進二郎は思う。

いつもの二階のかくし部屋へと通された。鴨《かも》川が夏の光を反射《はんしゃ》して流れていた。となりの家だろうか、軒先《のきさき》の風鈴《ふうりん》が鳴っていた。けれども、鴨川から入ってくる風は、もう真夏のものではなかった。

「主人はでかけとります。わてでよければ、お話をうかがいますが」

むかいにすわった番頭の源七がいった。商人のことばをつかっているが、もとは武士だったとお香《こう》から聞いた。それをおくびにも出さないところが源七のえらいところだともお香《こう》はいった。言外に、いつまでおまえは武士にこだわっているのだといわれている気もした。

「できれば、もうすこし仕事をふやしたいのですが。いや、だいぶん仕事にも慣れてきましたので、もっとあぶない仕事でもやれるのかなと」

番頭の源七《げんしち》はうなずいた。

「お母はんのことどすな。ようわかりました。主人に伝えときます。ところで、店の貼《は》り紙ご覧《らん》になりましたか。主人も思い切ったことをしはりました」

源七はいいながらわらった。あきれたようすと、さすが我《わ》が主人だという誇《ほこ》りが表情にこめられていた。

「五十両とはすごいですね」

「それもそうどすが、あないなことをしはりますと、問屋仲間からは、ますます鼻つまみもんどす。もともと口入屋《くちいれや》ふぜいの飛脚屋《ひきゃくや》とばかにされておりましたが、どうにかこうにか、ここまで店を大きくして、どこの問屋にも負けんだけの仕事をさせていただくようになりました。けど、この稼業《かぎょう》も、そろそろ見切りをつけんといかんと」

「どういうことですか」

「岡本《おかもと》さん、あなたはいつまでもこんなところでくすぶっているお方やありまへん。常々《つねづね》、主人の右衛門《うえもん》もそう申しとります。この飛脚稼業は、近々なくなることになりそうどす」

進二郎《しんじろう》もうわさでそのことは聞いていた。

「新政府の方針《ほうしん》ですか」

源七はうなずいた。

「はやくて来年、おそくても再来年《さらいねん》には、飛脚通信事業そのものが、国の所管となるようどす。くわしくは、主《あるじ》の右衛門にお聞きください。そういうわけで、主人は、まあなんといいますか、抗議《こうぎ》の意味もこめて、いや、諸国《しょこく》の飛脚稼業は、こんなにすばらしい韋駄天《いだてん》たちによって支えられているのだと、世間にも新政府にも知らせたいのだと思います」

源七のものいいが、商人のものではなくなっていた。今度の早駆《はやが》け競争《きょうそう》に、なにか特別の思いがあるのだろう。進二郎《しんじろう》はその真意を探ろうとは思わなかった。ただ源七《げんしち》が自分になにをいいたいのかは確かめておきたかった。

「つまり、わたしになにをしろと」

源七は即座《そくざ》にこたえた。

「早駆《はやが》け競争《きょうそう》に出てくださいませんか。主《あるじ》の近江屋右衛門《おうみやうえもん》のためにもお願いいたします」

「わかりません。どうしてわたしなどに」

「いえ、そこからさきは、わてがいえる領分《りょうぶん》ではありまへん。主をさしおいて、えらいさしでがましいことを申してしまいました。おゆるしください。ただ、主は最後に咲《さ》かせる花に、あなた様を選ばれたとわては思うとります」

「最後に咲かせる花?」

進二郎が問うと、源七は目を一瞬《いっしゅん》光らせた。それからすこしの間をおきいった。

「わたしは、もう十何年も前のことですが、近江《おうみ》の琵琶湖《びわこ》のそばではたしあいをいたしました。ゆえあって藩士《はんし》を斬《き》り、流浪《るろう》の身となっていたのですが、その藩士の子息がわたしの前にあらわれたのです。わたしは、まだ少年のような子息を、返《かえ》り討《う》ちにいたしました。右衛門にひろわれたのも、そのときです。わたしは武士を捨てました。右衛門について、商いを学ばせていただき、今日にいたっております」

「そうでしたか」

「主の右衛門は飛脚《ひきゃく》稼業《かぎょう》で、他の店のようにひたすら財を蓄積《ちくせき》するような商売はいたしませんでした。ようするに、金さえかせげればいいというやり方に反対でした。ですから今も、問屋仲間からはいいように思われていません」

飛脚問屋といっても、いろいろな形態があった。街道に取次店をおき、書状や荷物を順次受けわたしていくのが効率的でいちばんもうかった。また大坂《おおさか》、京都《きょうと》、名古屋《なごや》、江戸《えど》といったところにそれぞれ飛脚問屋があり、それらの店が組をつくり、取りつぎをしていくやり方もあった。東海道《とうかいどう》にかぎらず、さまざまな街道筋《かいどうすじ》でおこなわれていたことでもある。

その結果、飛脚《ひきゃく》の独占《どくせん》に近いこともおきていた。

近江屋《おうみや》のように、人足《にんそく》を飛脚として口入《くちい》れしてやる飛脚問屋《どんや》もけっこうあった。食えなくなってすがるように飛脚になる者も多い。また荒《あら》くれ者ややくざ者、無宿者などがどうしても集まってくる。進二郎《しんじろう》や源七《げんしち》も似たようなものだ。そんな者たちが、近江屋の主人にひろわれ、なんとか生きている。

かれらは近江屋右衛門《おうみやうえもん》を父のようにしたっていた。右衛門には公平さがあったからだ。荒くれ者ややくざ者は、その過去においてつらい目にあってきた者が多い。反発し、結果としてうとまれ、嫌《きら》われ、のけ者にされてきた。だからこそ、逆に公平さに敏感《びんかん》であった。人足に対して、けっして不平等なあつかいをしなかった。それは、商いのやり方にもあらわれていた。人足に対しても、客に対しても、金もうけを第一としなかったのである。第一としたのは「義」、つまり人としてのおこなうべき道理をだいじにした。それが問屋仲間からは逆にうとまれた。

源七はつづけた。

「飛脚通信はどんな人にも、つまりお上《かみ》であろうが大名であろうが、町人であろうが遊女であろうが、伝えたいこと送りたいものがあれば、それをお手伝いさせてもらうのが信条。できるだけはやく、確実に。そのために、飛脚稼業《かぎょう》はどこにもかたよらない立ち位置がいる。飛脚稼業のために、権力《けんりょく》にすりよることはない。もうけだけにかたよることもしない。わたしは、右衛門のそういう姿勢《しせい》に共鳴いたしました」

「なるほど。それはわたしにもわかります」

「ですが、ご時勢というものもあります。この稼業も、大きくさまがわりすることになりました。岡本《おかもと》さん。ここらで、見るべきさきのことを、しっかり見られたほうがいい。裏《うら》の飛脚は賃料《ちんりょう》もいいが、時代はかわるのです」

だからなぜ早駆《はやが》け競争《きょうそう》に出なければならないのか。そこまではわからなかった。しかし源七のいうことはわかる部分もあった。進二郎も内心考えつづけてきたことだった。

「早駆《はやが》けに出て、ふつうの飛脚《ひきゃく》になれということですか」

「それもひとつの道でしょうが、まあ、わたしがいうべきことでもありません。それから、これもよけいなことではありますが、主《あるじ》にはちょうど岡本《おかもと》さんと同じ年ごろの息子《むすこ》さんがおられました。名を進吉《しんきち》さんといいました。五年前に、奥様《おくさま》と同じはやり病で亡《な》くなりました」

源七《げんしち》はそういいそえると、立ちあがり店へとおりていった。

飛脚が国のものになるのか。と、進二郎《しんじろう》はつぶやいた。

世の中はすべて西洋ふうになっていく。飛脚が新政府管轄《かんかつ》になると、今と同じ運送方法ではなくなるのだろう。東京《とうきょう》から大阪《おおさか》まで、鉄の道を大きな駕籠《かご》で走らせる計画があるらしい。馬の何倍ものはやさで、しかも煙《けむり》をはきながら多くの人を乗せて走るという。すでに東京から横浜《よこはま》あたりまで測量したとも聞く。

同じ東京横浜間に、テレガラフというものが通じたとも聞く。電気というものが細い線を通って、瞬時《しゅんじ》に話が届くらしい。そんなものがつぎつぎとできれば、飛脚などいらなくなるのかもしれない。なくならないとしても、大きくさまがわりするのは確実だった。

飛脚か。と、進二郎はまたつぶやいた。

時代はたしかに雪崩《なだれ》をうったようにかわっていく。土佐《とさ》を出たのは、飛脚をするためではもちろんなかった。では、なにをすればいいのだろう。おそらく、自分の中にある「武士」を捨てることからしか、それは見えてこないのだろう。内心では、わかりすぎるほどわかっていた。

近江屋右衛門《おうみやうえもん》から呼《よ》びだしがあったのは、翌日の夜であった。

より危険《きけん》だが実入りのいい仕事の話だろうと思った。膳《ぜん》がしつらえられており、肴《さかな》とともに酒まで用意されていた。こうしたことは、はじめてであった。

右衛門から、まず身の行く末《すえ》について問われた。こうしたまっすぐな問われかたもはじめてであった。

「世の中をかえるつもりで土佐《とさ》を出ましたが、ほんとうは自分をかえるためだということに、そのときは気づいていませんでした。だから、この急激《きゅうげき》な時代の変化の中で、自分がどう生きればいいか、さらにわからなくなっています」と、正直にこたえた。

新政府の施策《しさく》に対し、反発した武士や農民たちが、各地で暴動《ぼうどう》をおこしていた。そのことについても、右衛門《うえもん》からどう思うかと問われた。

戦国の世に徳川《とくがわ》が勝ち残り、幕府を開き安定するまで、多くの戦乱《せんらん》があった。時代がかわるときというのは、そういうものだとこたえた。さらに、新政府側に立とうと、暴動側に立とうと、だいじなのは自分がむかおうとしている世の中を自分のことばで考えることだ。それが今の自分にいちばん欠けていることだとつけくわえた。

すると右衛門は、意外な反応をした。

「まことに、うらやましい。若さというのは、たとえ不器用でも自分の足で歩いていけるということどすなあ。わてはもう、古い人間どす。隠居《いんきょ》するのがいちばんやと、思うとります」

予想していなかったことばに、進二郎《しんじろう》はおどろいた。

「ご隠居になられるのですか」

「はい。この店は、来年でしまいます。まだ内々の話どすけど、新政府の施策で、飛脚《ひきゃく》はなくなるようどす。国が一律《いちりつ》に管理する通信事業が、来年にはできあがるでしょう。手紙や小荷物だけをあつかう事業と聞いております。それによって、ぎょうさんの飛脚が、それもうちらみたいな口入屋《くちいれや》を通して働いている人足《にんそく》が仕事を失うでしょうな」

「そうなったとして、誰《だれ》が書状や荷を運ぶのですか」

「大きな飛脚問屋《どんや》は、そのまま国の組織に横すべりするところもあるようどす。荷だけの運送事業にかえるところもあるでしょうな。しかしうちみたいなところは、どうしようもあらしません。ただ、せんだっての問屋仲間の寄り合いでは、うちみたいなところでも何人かは推薦《すいせん》できるみたいどす」

つまりは、国のおこす通信事業の職員《しょくいん》として、進二郎《しんじろう》を推薦《すいせん》するという話であった。願ってもないことである。下級ではあっても官吏《かんり》となれば、収入《しゅうにゅう》も身分も安定する。あとは気もちの問題として、配達夫として生きていくかどうかであった。

考えさせてください、とその場はこたえておいた。

それから母親の病状のことや京都《きょうと》での暮《く》らしについての話になった。仕事をふやしてくれるかどうかについての話はなかった。裏《うら》の飛脚《ひきゃく》も、だんだんと注文がへってきているのだろう。以前は月に五、六回あったのが、今では二、三回であった。それも二昼夜かけての遠方への仕事が多く、つかれるわりには実入りはさしてよくない。薄布団《うすぶとん》につらそうな顔で横たわっている母親の姿《すがた》が浮《う》かんだ。

「早駆《はやが》け競争《きょうそう》に、出てみようかと思っています」

思いもかけずそんなことを口走ってしまった。

いった本人もおどろいたが、右衛門《うえもん》もまたおどろいた顔をした。

「たしかに、どなたでも出られますが」

裏の飛脚ができなくなる可能性がありますよ、と言外ににおわせたいい方であった。

進二郎は自分のことばにおどろきつつも、どこかほっとする気持ちがあった。これでいいのかもしれないと思いながらいった。

「どこかでふんぎりをつけて、新しい仕事につかねばと考えております。これはいい機会なのではないかと」

「それはまあ、岡本《おかもと》さんを推薦《すいせん》するにあたっても、出ていただけるほうがつごうはよろしいですが」

思わず口にしたことばではあったが、進二郎にはふっきれたものがあった。走って走って、自分の中の「武士」をぬぎすてられるかもしれない。ぬぎすてたあと、どんな自分になれるか、それもぬぎすててみなければわからない。年が明ければもう二十歳《はたち》だ。やってみるか。そう思うと、ふしぎと心が軽くなった。

「わたしは、こどものころからけっこう足がはやかった。自分をためすためにも、走ってみたいんです」

右衛門《うえもん》は盃《さかずき》の酒をくいっとあけると白い歯を見せた。

「そうどすか。それならよろしい。いや、そうしてください。わてにとっては、長年お世話になった人足《にんそく》たちへの恩返《おんがえ》しのつもりどす。新政府への抗議《こうぎ》の意味もありますが、まあそれは時代おくれの商人の、ごまめの歯ぎしりみたいなもんどす。なにより、岡本《おかもと》さんのようなお方に出てもらえるのはうれしいことどす」

なにがどううれしいのかわからないが、進二郎《しんじろう》は右衛門にべつのことをたずねた。

「ひとつお聞きしたいのですが、番頭の源七《げんしち》さんも、新政府のほうに推薦《すいせん》されるのですか」

「源七には人力車の店をやらせようかと考えております」

車輪をつけた駕籠屋《かごや》のようなものが流行《はや》りはじめていた。飛脚屋《ひきゃくや》で身につけた番頭としての経験が、新時代の人力車の営業に役立つだろう。

「そりゃあいい。きっと、成功するでしょう」

「番頭さんには、ほんとうにお世話になりました。わては引退しますが、できるだけのことはしてやるつもりどす」

それからあとは早駆《はやが》け競争《きょうそう》の話になった。伊勢《いせ》の四日市《よっかいち》にある諏訪《すわ》神社の祭礼が秋にある。その奉納《ほうのう》行事として、早駆け競争をする。早朝に神社前を出発し、東海道《とうかいどう》をひた走り、京《きょう》の三条《さんじょう》大橋を渡《わた》ったところが終着点である。とちゅうの茶店には、にぎり飯や湯茶などをおき、すきに口にできるという。すでにあちこちから、問い合わせや申しこみがきているらしい。瓦版《かわらばん》や新聞も記事にしようと動きだしているという。

「わての最後の一花どす」

近江屋《おうみや》右衛門は そういって頰《ほお》をゆるめた。

日中はまだ暑さが残っているが、朝夕はすっかり秋らしくなった。

東の空がわずかに明るくなって、どこかで一番鶏《いちばんどり》が黎明《れいめい》を告げている。

こんな早朝にもかかわらず、諏訪《すわ》神社の鳥居《とりい》前には大勢の見物客がつめかけていた。

「四日市《よっかいち》諏訪明神大祭」と青く染《そ》めぬかれた幟旗《のぼりばた》がすがすがしかった。

早駆《はやが》け競争《きょうそう》に出るのは九十六名。飛脚《ひきゃく》そのままのかっこうをした者もいれば、鉢巻《はちまき》をした侍《さむらい》ふうの者もいた。頭をそった坊主《ぼうず》ふうの男もいる。少年のような者から髪《かみ》に白髪《しらが》がまじる者まで、年齢《ねんれい》もまちまちであった。女も出ていいのだから、ひょっとしてお香《こう》も出るかもしれない、と進二郎《しんじろう》は思っていた。だが、結局、女は一人も見かけなかった。

諏訪神社の神主のお祓《はら》いがあり、施主《せしゅ》の近江屋右衛門《おうみやうえもん》の口上《こうじょう》があった。それから太鼓のひと打ちを合図に出発した。

見物人たちの拍手喝采《はくしゅかっさい》におくられて、九十六名の早駆けがはじまったのだった。

一団となって駆けていく横を、すぐに早馬が追いこしていった。どこで身につけたのか知らないが、近江屋右衛門はみごとな手綱《たづな》さばきで馬を走らせていった。ひと足はやく三《さん》条《じょう》大橋でまつためだ。考えてみると、右衛門というのも得体の知れない男であった。それはまた、人としての魅力《みりょく》の深さでもある。そして、武士でもない者が馬で駆けていく。時代はたしかにかわっているのだ。

すぐあとから、新聞屋や連絡係の馬などもつづいていく。

沿道で小太鼓《こだいこ》や笛《ふえ》で応援《おうえん》してくれる者もいた。

こうして否応《いやおう》なく、駆けていく者たちも昂奮《こうふん》していくのだった。

進二郎ははかまをはくかどうか迷ったが、けっきょく股引《ももひき》にした。上は袖《そで》なしの薄《うす》い襦《じゅ》袢《ばん》を着た。お香がこの日のために縫《ぬ》ってくれたものだった。足もとは革《かわ》のわらじばきであった。これはお香に教えてもらい自分で作ったものだ。

はだしで走るものも多い。あとはわらじばきである。茶店に替《か》えのわらじがおいてあり、すきかってにはきかえられるようになっていた。飛脚用《ひきゃくよう》のわらじで、造りはしっかりとして底も厚い。

飛脚《ひきゃく》を稼業《かぎょう》としているものは、ほとんどがそのままのかっこうで走っていた。全裸《ぜんら》に近いふんどし一丁《いっちょう》か、せいぜい腹《はら》がけをしているかだ。とくに江戸《えど》から参加した町飛脚《まちびきゃく》たちは、観客の声援《せいえん》に威勢《いせい》のいい返事をするのですぐにわかった。中には、腰《こし》に鈴《すず》をつけている者もいる。飛脚さながらに「えいさっさ、えいさっさ」と掛《か》け声をあげながら走る者もいた。

僧侶姿《そうりょすがた》の者や、西洋ふうのズボンをはいた者、数は少ないが、はかまをはいて駆《か》けていく侍《さむらい》ふうの男もいた。

そうした者たちが、一団となって街道を走るのは壮観《そうかん》であり、また見物客たちをじゅうぶんにたのしませるものであった。しかし亀山《かめやま》をすぎ、関宿《せきじゅく》の追分《おいわけ》あたりまで来ると、一団はばらけて長くのびた。さっそく茶店でにぎり飯を食べる者も出てきた。というより、走るだけでにぎり飯や茶菓子《ちゃがし》までいただけると、遊山《ゆさん》気分で参加した者もいるのだ。

坂下宿《さかしたしゅく》の本陣《ほんじん》前を通過したとき、先頭は十数人になっていた。ここからはきつい山道である。平地でいくら足がはやくても、坂道に慣れていない者はおくれる。心臓破《しんぞうやぶ》りともいわれる鈴鹿峠《すずかとうげ》の道を、がまんして駆けあがるしかない。進二郎《しんじろう》はなんとかその一団にくいついていた。裏飛脚《うらびきゃく》はほとんどを山道か谷道を走る。その経験が功を奏《そう》していた。

それでも競争《きょうそう》となると息が荒《あら》くなる。苦しさをがまんして、じぐざぐの道を登った。やがて暗い杉林《すぎばやし》に入ると、峠はすぐそこであった。ここでひと休みしたいな、と弱気が出るところでもある。駆けあがっていく前のほうから声がした。

「進さん。ほら、これ」

お香《こう》であった。岩かげからなにかを放ってきた。竹皮に包んだにぎり飯だった。走りながら食べろということだろう。息が切れてありがとうをいうこともできなかった。進二郎はうなずくとそのまま駆けていった。

こうして土山宿《つちやましゅく》へのくだり道に入ったとき、先頭は四人になっていた。

土山宿《つちやまじゅく》では、また大勢の見物客がいた。進二郎《しんじろう》は茶店で湯飲みの茶をたてつづけに三杯《ばい》飲んで、そのまま走りにもどった。

ここからは、ほとんどが平地である。鈴鹿峠《すずかとうげ》でおくれていた一人の飛脚《ひきゃく》が追いついてきた。すでに太陽は中天から西に傾《かたむ》きはじめている。疲労《ひろう》も極限に近づいていた。しかしさらに草津《くさつ》、大津《おおつ》、山科《やましな》、そして最後の難関《なんかん》である蹴上《けあげ》の坂もある。

先頭に残ったのは、けっきょく五人であった。進二郎のほかには、僧《そう》の姿《すがた》をした男、はかまをはき腰《こし》に小刀を差した浪人《ろうにん》ふうの男、ふんどしに腹《はら》がけをした飛脚ふうの男が二人であった。

鈴鹿のおくれをとりもどした飛脚ふうの男は、平地でよゆうが出てきたのか、草津宿のあたりで自らを名乗った。

「わいは大阪《おおさか》の仁吉《じんきち》いいます。みなはん、これもなんかのご縁《えん》。よろしゅうたのんまっせ。わいは一等になって、五十両もろて、新しい商売はじめるつもりだす」

すぐに反応したのが、やはり飛脚ふうの男であった。

「こちとら、江戸《えど》っ子よ。ちょうど桑名《くわな》まで飛脚があるついでに、都見物かねての早駆《はやが》けよう。べらぼうめ。大阪の若いの、商売もいいが、人の一生なんざあっという間。なんのための金もうけよ」

「わかっとりますがな。遊びと商いは裏表《うらおもて》。まかしときなはれ。ところで、そこのぼんさん。しゃれのわかるご坊《ぼう》なんぞ、今どきめずらしいでんな」

賞金かせぎで僧侶《そうりょ》が走っていることをちゃかしているのである。僧侶といっても、頭はけっこう毛がのびている。うすよごれた白衣《びゃくえ》の上に、黒染《くろぞ》めの直綴《じきとつ》をはおっていた。豪快《ごうかい》にひとわらいするといった。

「なんのなんの。ご時勢は仏《ほとけ》が追いやられる仏難《ぶつなん》の時代。こうして足腰《あしこし》を鍛錬《たんれん》して、衆生のために念仏《ねんぶつ》をとなえ駆けておりもうす」

明治《めいじ》政府になってから、立てつづけに神道《しんとう》を優位におく施策《しさく》が発令《はつれい》されていた。神仏分《しんぶつぶん》離令《りれい》や大教宣布《たいきょうせんぶ》とよばれるものである。寺や仏像《ぶつぞう》が、あちこちで打ちこわされたという話も聞く。僧侶《そうりょ》から神主《かんぬし》に転向する者まであらわれていた。

「ほんまに気の毒なことでんな。賞金で、観音様《かんのんさま》か阿弥陀《あみだ》様でも造っとくなはれ。で、こちらのあんさん、ええ走りしてまんな。さっきのお人でっけど、あんさんのええ人でっかいな」

飛脚《ひきゃく》の仁吉《じんきち》が、進二郎《しんじろう》に話しかけてきた。

水口宿《みなくちしゅく》をすぎたところで、お香《こう》がふたたびあらわれ、小袋を投げわたしてくれた。炒《い》った大豆《だいず》が入っていた。そのときのことをいっているのだろう。お香は男物の着物にすげ笠《がさ》で顔をかくしていたが、仁吉は一瞬《いっしゅん》で見ぬいたようだった。

「姉です」

とっさにうそをついてごまかした。しかし、仁吉の「ええ人」ということばが心に残った。お香を女として見たことがないといったらうそになる。あくまで体としての女であり、若《わか》い進二郎の男としての本能がそうさせているにすぎない。お香は仕事仲間であり、ときには男の進二郎より男っぽい面を見せる。とっさについたうそだが、たしかに姉のような存在《そんざい》ともいえた。

お香といっしょに仕事をすることはへったが、なにくれとなく気をつかってくれた。季節の旬《しゅん》の食材をくれたり、母親の病気に効《き》くからと煎《せん》じ薬をくれたりだ。お香の生い立ちやこれまでの人生について、今でもほとんど知らない。それがこの稼業《かぎょう》のならわしであるからだ。だが、仁吉に「ええ人」かと問われたとき、心の中でゆれるものがあった。

「そちらのお侍《さむらい》さんも、よろしゅう」

仁吉は一団の後ろにつけている侍ふうの男にふりかえりいった。

男は返事もせずに力強い足取りで駆《か》けるだけだった。はかまの裾《すそ》を腰《こし》のところまではしょより、小刀を差している。油のぬけたちょんまげ、着物にもつぎあてがあり、いかにも貧しそうなかっこうであった。しかし、はしょったはかまから出た足の筋肉《きんにく》は尋常《じんじょう》ではなかった。武道できたえぬいた体である。この男もまた、時代の嵐《あらし》に翻弄《ほんろう》され、こうして恥《はじ》をさらしてでも走らねばならないわけがあるのだろう。

まだ十九歳《さい》の進二郎《しんじろう》にも、それくらいの察しはつく。それはほかの者も同じで、誰《だれ》もそれ以上は話しかけなかった。

「ほな、おさきに」

ひととおりあいさつを終えた仁吉《じんきち》が、いきなり前に飛びだしていった。京都《きょうと》の手前にある蹴上《けあげ》の坂のことを考え、ここで差をつけておこうとの作戦だろう。あわててあとについていったのが、さきほどの浪人《ろうにん》ふうの男であった。ほかの三人は、今の安定した速度で走るのが得策《とくさく》だとわかっている。むりな走りは、体力を消耗《しょうもう》するだけだった。

草津《くさつ》宿の追分をまがり、一路、瀬田《せた》の唐橋《から》をめざした。唐橋は琵琶湖《びわこ》の南端《なんたん》にかかる橋である。「唐橋を制するものは天下を制する」といわれてきたほど、京都《きょうと》へ通じるだいじな橋であった。

進二郎たちがその唐橋に入ったとき、むこう岸に仁吉と侍《さむらい》が駆《か》けていくのが見えた。この距離《きょり》なら、じゅうぶんにまだ追いつける。

江戸《えど》っ子の飛脚《ひきゃく》が前に出た。進二郎と坊主《ぼうず》があとにつづいた。その坊主が、進二郎にいった。

「お若《わか》いの。さっきの女とどういう関係か知らんが、あまり深入りはしないほうがいいぞ。まあ、わしのおせっかいだと、聞きながしてくれてもいいが。ありゃあ、忍《しの》びだ」

進二郎は瞬時《しゅんじ》に怒《いか》りがこみあげてきた。それは自分でもおどろくほどのまっすぐな怒りであった。お香がそうした世界で生まれ育ったことはうすうすわかっていた。だからといってなんだというのだ。いいではないか。時代は御一新《ごいっしん》だ。武士も町人も農民もいずれ身分としてはなくなるという。忍びであろうと足軽《あしがる》であろうと、いいではないか。

坊主はつづけた。

「わしらよりもはやく駆《か》けて、さきざきでまっているなどというのは、並《なみ》の人間じゃあない。あんたはまだ若《わか》い。それも、もとはお侍《さむらい》だろう。お天道様のあたる明るい世界にもどられるほうがよかろう」

進二郎《しんじろう》は侍の身なりはしていない。たぶん物腰《ものごし》や話し方でわかるのだろう。しかしやはりおせっかいだ。しかも無礼ないい方だ。がまんがならなかった。

「ほうっておけ。にせ坊主《ぼうず》。どうせおまえもかげで生きてきた輩《やから》だろう。これ以上、わたしに話しかけるな」

わずかに殺気のようなものが坊主から伝わってきた。進二郎のいったことが、遠からずあたったようだった。

「では、わしもお天道様にむけて、そりゃ」

坊主は足をはやめ、唐橋《からはし》を駆《か》けていった。

ここから京《きょう》の三条大橋《さんじょうおおはし》までは、たがいのかけひきの争いとなる。追いぬいたり追いぬかれたり、どこで決着をつけるか、たがいに見極める心理戦でもあった。

お香《こう》が出発の二日前に、はじめて進二郎の長屋《ながや》にやってきた。精がつくからと、どこで手に入れたのか鰻《うなぎ》をもってきてくれたのだ。病気の母と早駆《はやが》け競争《きょうそう》に出る進二郎のためにであった。

お香は着流しで、男のような身なりであった。台所を借りますよといって、うなぎを自分でさばいて、甘醤油《あまじょうゆ》で焼いた。できあがった蒲焼《かばやき》を皿に盛ると、そのまま帰っていった。

「あの人は、どういう方かな」

母親がふしぎそうに聞いた。

「近江屋《おうみや》という飛脚問屋《ひきゃくどんや》で荷をあつかう仕事をしている方じゃき、なんちゃあ心配いらん。あさってから二日ほど、伊勢《いせ》を往復する荷の警護《けいご》をするから、わざわざうなぎをもってきてくれたみたいじゃ。鈴鹿峠《すずかとうげ》はなかなかきつい道じゃきに」

進二郎の説明にも、母親はあまり納得《なっとく》していないようだった。

「あの人は、女子衆《おなごし》じゃろ」

やはり心配なのか、母親は確かめるようにたずねた。

「人足《にんそく》をたばねる仕事じゃけん、心は男ぜよ」

心は男か。いや、お香《こう》さんは……。

唐橋《からはし》を渡《わた》りながら、進二郎《しんじろう》はあとに出てきそうなことばを飲みこんだ。

今は走るだけだ。はじめはむりかもしれないと思っていたが、意外にもここまで駆《か》けてこられた。賞金をとれる可能性が出てきた以上、最後までがんばってみよう。早駆けといっても、「飛脚《ひきゃく》走りの走法は安定している。つかれはとっくに限界を超《こ》えていたが、体というのは不思議なものであった。一定の時間がまんしていると、その極限があたりまえになり、安定してくる。「勝負は蹴上《けあげ》の坂。そして真の勝負は、三条《さんじょう》大橋」。お香がうなぎの蒲《かば》焼《やき》を皿に盛って、進二郎に渡《わた》しながらいったことばだ。

そのときはどういう意味かわからなかったが、今はわかる。

進二郎はわずかに足をはやめた。唐橋《から》をすぎてからはながめがすばらしい。右手に琵琶《びわ》

湖《こ》を見ながらすこしずつ先頭に追いついていった。息が苦しくなると、琵琶湖《びわこ》の青い色を胸《むね》に吸《す》いこむ想像をした。気休めだが、わずかに楽になった。

大津宿《おおつしゅく》から左にまがれば山科《やましな》へぬける逢坂峠《おうさかとうげ》である。きつい登りではないが、四日市《よっかいち》から二十里以上駆《か》けてきた体にはこたえる坂であった。先頭を走っていた大阪《おおさか》の仁吉《じんきち》ががくんと速度をおとした。あとを追いかけていた浪人《ろうにん》風の男も、むりがたたったのかほとんど歩いているに近い。

先頭にたったのは坊主《ぼうず》であった。前かがみになっての力強い走りである。しかしその力強さがいつまでつづくか。この逢坂峠を越《こ》えると山科へ入り、そして最後の蹴上《けあげ》の坂がある。筋力《きんりょく》もあり骨《ほね》も太い。だからこその力強さだが、そのぶん体重もある。膝《ひざ》の関節や足首にそうとうの負担《ふたん》がかかっているはずだ。すでに膝の上がり方が落ちてきていた。

あとにつづいて江戸《えど》っ子の飛脚《ひきゃく》、そして進二郎《しんじろう》であった。

江戸っ子の飛脚は、さすがに東海道《とうかいどう》を走りつづけてきただけのことはある。登り坂でもむりのない走法を身につけていた。坊主のように前かがみにならず、背筋《せすじ》をのばして駆けていく。そのぶん足がまっすぐになり、膝や筋肉への負担が少ないのだ。速度は出ないが、余力《よりょく》を残せる。

この江戸っ子飛脚と、最後は勝負になりそうだ。と、進二郎は思った。

逢坂峠を越えると、いったん平らな道になる。山科の里であった。正面に見える低い山《やま》並《な》みが、京都《きょうと》の東山《ひがしやま》のつらなりである。その鞍部《あんぶ》である標高の低いところに蹴上の坂があった。山科はまだ都の外、つまり洛外《らくがい》であるが、蹴上の坂を越えれば洛中《らくちゅう》である。あとは三条大橋《さんじょう》にむかって駆けおりるだけであった。

案の定《あんじょう》、逢坂を越えて山科へ入ったとたん、坊主の力強さが消えた。酸素《さんそ》が足らなくなった真っ青な顔で走っていく。それを江戸っ子飛脚と進二郎がなんなく追いぬいていった。

前方にいよいよ蹴上《けあげ》の登り坂が見えてきた。あの登りが最後である。そのとき、ぜえぜえとものすごい息をしながら追いついてきた者がいた。あの浪人《ろうにん》ふうの男であった。進二《しんじ》郎《ろう》の横にならぶと、切れ切れの声でいった。

「武士の情けとお聞きくだされ。拙者《せっしゃ》の家内《かない》は、まことにはずかしながら、傾城《けいせい》に身をやつしておりもうす。この早駆《はやが》けで賞金が出れば、そこのところ、武士の情けとお察し願えないか」

要するに、長い貧乏《びんぼう》の果てに妻を遊郭《ゆうかく》にやり、身請《みう》けのために賞金がほしいということだった。進二郎《しんじろう》に手かげんしてくれ、負けてくれという願いである。

妻や娘を遊郭に売りとばす。そんな話は、反吐《へど》が出るほどたくさん聞いた。この男も、やむにやまれぬ事情があってのことだろう。わからなくもないが、いくら自分の妻をとりもどしたいからといって、おまえはそれでも武士か。そのような武士に、武士の情けなどかけたくもない。

いや、武士などといっても、しょせんは、そんなものなのだ。

では、おれはなんなのだ。

無精《ぶしょう》ひげの浪人は、死相のようなものさえ顔に出ていた。疲労《ひろう》が極限を越《こ》えつつあるのだ。武士といっても、ひと皮むけばただの人だ。

そうなんだ。おれも、ただの人にすぎない。

「おれは武士などではない」

思わず進二郎はそういった。自分でいったのに、みょうなさびしさが胸《むね》にひろがった。だいじなものを捨てたような、いやおきざりにされたような、なにか空虚《くうきょ》なものが全身を包んだ。その空虚な心の中に、母とお香《こう》の面影《おもかげ》が浮《う》かんだ。ふいに目頭が熱くなり、涙《なみだ》がこぼれそうになった。

「いや、失礼いたした」

浪人ふうの男は、進二郎の表情の変化に気づいたらしく、それ以上は何もいわなかった。

「二等と三等にも、特別の賞金が出るそうです。最後まで、あきらめずにがんばってください」

あふれてきそうなものをごまかしながら、進二郎《しんじろう》はそうこたえた。そのまま速度をあげて、蹴上《けあげ》の坂へとつっこんでいった。胸《むね》の中がさらに混沌《こんとん》としたものに包まれた。自分の口で「武士などではない」といいきったのに、ただの人になりきれない自分がいた。だが、ただの人になるのだ。そのために早駆《はやが》け競争《きょうそう》に出たのではないか。そのために、はかまをはかずに股引《ももひき》にしたのではないか。そのために、浪人《ろうにん》ふうの男の頼《たの》みを容赦《ようしゃ》なく切りすてたのではないか。

この蹴上の坂に、武士としての自分を捨てていこう。武士としていいことなど、ひとつもなかったではないか。見栄《みえ》と権威《けんい》とやせがまんと人間というものへの根源的《こんげんてき》な差別。

おれはこの坂へ、おれを捨てていく。

蹴上の坂からくだっていけば、母やお香《こう》、近江屋右衛門《おうみやうえもん》や番頭の源七《げんしち》もいる。おれが帰っていくところはそこだ。そこしかない。

蹴上の坂を登りきると視界《しかい》がひろがった。あとは一気に駆《か》けおりていくだけだ。横幕《よこまく》がひらいていくように、京《きょう》の都がすこしずつ見えてきた。

前を江戸《えど》っ子の飛脚《ひきゃく》が駆《か》けていく。勝負は最後の三条大橋《さんじょう》だ。飛脚もわかっているらしく、まだ力を温存《おんぞん》した走りだった。

進二郎が追いつき横にならぶと、はじめて飛脚は声をかけてきた。

「おいらは、お江戸は神田《かんだ》の生まれ、徳蔵《とくぞう》といいやす。もうお会いすることもありやせんでしょうが」

わたしはといいかけて、いいなおした。

「おれは、進二郎だ。土佐《とさ》の生まれじゃき」

「ありがとさんです。では、うらみっこなしの勝負を」

「のぞむところぜよ」

三条大橋が見えてきていた。すでに見物客で、道の両わきも橋の上もいっぱいであった。

歓声《かんせい》がわきおこっている。とつぜん、徳蔵がぐんと速度をあげた。それまでの走法とはまったくちがう。

進二郎《しんじろう》はにやりとした。

こいつ、どこでこの走法を身につけたのか。

ほとんどが着物であったこの時代、一般《いっぱん》の人間が日常の中で走ることはめったになかった。走るにしても、右足を出すときには右肩《みぎかた》や右手を出す。左足を出すときには左肩や右手を出す。飛脚走《ひきゃくばし》りとかナンバ走りとかいわれる走法である。長時間走るのに効力があった。

ところが徳蔵《とくぞう》が切りかえた走法は、手足の出し方が逆である。体のひねりからくる反発力を使う西洋式の走り方であった。それは、進二郎が最後の勝負につかうためにとっておいたものでもあった。長州《ちょうしゅう》で西洋式の歩兵訓練を受けたときに身につけたものだ。

いいも悪いもない。勝つためには、この走法を使うしかなかった。

進二郎も走法を切りかえた。最後の力をふりしぼって、全速力である。

徳蔵がぎょっとした顔で、横にならんだ進二郎を見た。そして、同じようににやりとした。

徳蔵が前に出る。進二郎も負けじと前に出る。

三条大橋《さんじょうおおはし》のむこう正面に、日の丸を描《か》いた扇子《せんす》をふっている右衛門《うえもん》がいた。世話になった奉公人《ほうこうにん》たちや源七《げんしち》もいる。歓声がうねりのように大きくなる。この橋を渡《わた》れば、新しい世界に入れる気がする。御一新《ごいっしん》の風に翻弄《ほんろう》されるのではなく、自分で新しい風をおこすしかないのだ。明日も晴れることを約束したかのように、西の空は茜《あかね》に染《そ》まりはじめている。お香《こう》の姿《すがた》は見えないが、きっとどこかで見ているはずだ。

徳蔵がまた前に出る。

進二郎がさらに前に出る。

鴨川《かも》からは風が吹《ふ》きあがってくる。

9 下御霊神社《しもごりょう》

夏休みの部活が再開した。

御所《ごしょ》の森ではあいかわらずセミの声がわいていた。

ストレッチのあと、男子はランニングコースの鴨川《かも》へとむかった。一年生三名と、二年生の三名。なんとか団体戦で二チーム組める。

学校のある寺町《てらまち》通から荒神橋《こうじん》へとむかい、橋の手前から鴨川におりる。河川敷《か せんしき》は遊歩道として整備されており、川風もあって走るのにちょうどいい。

とはいっても、やはり暑い。主将《しゅしょう》の友也《ともや》が先頭で走っていく。鴨沂《おうき》高校弓道部《きゅうどうぶ》とプリントしたT《ティー》シャツを着ているので、あまりだらだら走ることもできない。学校から二キロメートルほど走ると三条《さんじょう》大橋に着く。そこで小休憩《しょうきゅうけい》を兼《か》ねて軽めのストレッチをする。橋の下は日かげになっているので、けっこうすずしい。ただ、のどはかなりかわいている。

「ほんなら、ご神水《しんすい》をめざして帰るで」

友也がはげますようにいう。

みんなは暑さとランニングで上気した顔でうなずく。

悠真《ゆうま》は三条大橋の欄干《らんかん》を見あげる。ここへ明治《めいじ》時代の進二郎《しんじろう》は駆《か》けもどってきた。右衛《うえ》門《もん》や源七《げんしち》やお香《こう》がまっていた橋だ。

人はみんな一《ひと》ツ蝶《ちょう》だ。荒海《あらうみ》やけわしい山を越《こ》えていくのは自分自身だからだ。だが、人はけっして一人ぽっちではない。いや、一人ぽっちでは、ぜったい生きていけない。人生訓としてはあきれるほど単純《たんじゅん》だが、悠真はあらためてそう思う。そして人はまた、国家や社会というものと無関係では生きていけない。

「ほんまにあそこの水は最高やし」

友也にあいづちを打つみたいに俊作《しゅんさく》がいった。

荒海《あらうみ》を飛んでいくには、自分の羽を動かすしかない。だからいつも一《ひと》ツ蝶《ちょう》だ。だが、蝶は自分だけじゃない。

「ラスト、がんば」

悠真《ゆうま》がいうと、一年生たちが「うっす」とうなずいた。

ふたたび鴨《かも》川の遊歩道を走っていく。今度は川上にむかってなので、若干《じゃっかん》の登りになる。二条《にじょう》大橋をくぐり、丸太《まるた》町の橋のところから上に出る。そのまま丸太町通を西にむかって走ると御所《ごしょ》の森が見えてくる。そこから寺町《てらまち》通を右折すれば学校へもどることができる。

だが、ランニングの隊列は左へまがる。すぐのところに下御霊《しもごりょう》神社があるのだ。ご香水《こうずい》と呼《よ》ばれる神水《しんすい》がわきでていた。

「あー、暑かった！　ほんま焼け死ぬでえ」

俊作《しゅんさく》がさけんで、まっさきに駆《か》けこんでいった。

下御霊神社の北入り口に、手水舎《ちょうずや》がある。冷たい地下水が、竜水口《りゅうすいぐち》からほとばしっていた。その水を手に受け、ごくごくと飲む。

顔や首筋《くびすじ》を冷やす者もいる。

悠真も何度も手に受け飲んだ。

うまい。やわらかで冷たくて体に染《し》みいっていく。

「さすがご香水だね」

悠真がいうと、友也《ともや》が汗《あせ》びっしょりの顔でわらった。

「そりゃそうや。神様をおまつりしてる場所やしな」

悠真は境内《けいだい》のほうを見た。ご神水を飲みには来るが、一度もきちんとお参りしたことがない。

神殿《しんでん》と社務所とのあいだに、小賀玉《おがたま》の高木がある。肉厚の葉がすずしげなかげを落としていた。以前、物知りの友也が、「小賀玉っていうのんは、神を招くという意味の招霊《おぎたま》から来たっていう説があるんや」といったのを思い出した。

招霊《しょうれい》か、と悠真《ゆうま》がつぶやいたときだった。心臓《しんぞう》が、とくりと鳴った。誰《だれ》かに呼《よ》ばれた気がしたのだ。

小賀玉《おがたま》の木かげで、少女が神殿《しんでん》をスケッチしていた。汗止《あせど》めのために、黄緑色のリストバンドをしている。中学生くらいだろうか。悠真たちが大声をあげながら水を飲んでいるのにおどろいたらしい。こちらを見ている。

悠真は息をのんだ。

一瞬《いっしゅん》、まわりの音がすべて消えた。

この子を、知っている。

どこかで、たしかに会っている。

ふとまた、黄色い蝶《ちょう》が見えた気がした。

あとがき

道は、「みち」という日本語に漢字をあてたものです。もともとあった「みち」の語源《ごげん》について は、いろいろな説があります。尊敬《そんけい》の意味をあらわす「み」（漢字では御）に、方角をあらわす「ち」（あっち、こっち、そっちなどの「ち」）がくっついて「みち」になったという説。あるいは、「ち」には神霊《しんれい》をあらわす意味があり、おろち（大蛇）、いかずち（雷）、みずち（水霊・蛟）などの「ち」である、といったぐあいです。

どちらにせよ、「みち」という言葉に対して、日本人は何か深い畏敬《いけい》の念のようなものをもっていたようです。

さて、道にはさまざまな道があります。樵《きこり》の人々がつかった杣道《そまみち》。神社や寺があれば参詣道《さんけいみち》。山伏《やまぶし》たちが修行のために行き来した行者道《ぎょうじゃみち》。都市と都市をむすぶ街道。集落をつなぐための谷道や峠道《とうげみち》、動物たちが通る獣道《けものみち》。雨上がりに、かたつむりが通ったあとにできる銀色の筋《すじ》も道です。

ぼくはこどものころから山であそぶのが好きでした。大人になると本格的な登山をやりはじめ、北アルプスの山々にもよく出かけました。そうした山登りの中で、ずっとふしぎに思っていたことがありました。それが尾根道《おねみち》というものです。小さな山にも大きな山にも、たいていは尾根道があります。今は山仕事をする人が減って、こうした尾根道も廃《すた》れていっているようですが、ぼくがこどもだったころにはしっかり残っていました。ふだんは人が通らないような山奥《やまおく》にも、なぜか細い尾根道が通っていたのです。

この尾根道が、この国の歴史や文化にとって、いろいろな深い意味をもっているのを知ったのは、ずいぶんあとになってからでした。道はそこを行き来するものがいなければできません。つまり道は時間や歴史の痕跡《こんせき》ともいえます。一《ひと》ツ蝶《ちょう》物語の悠真《ゆうま》は、そうした道でさまざまな幻想《げんそう》を見ます。

この物語に出てくる道はすべて実際にあります。よければ歩いてみてください。

横山充男

二〇一八年　秋

横山充男（よこやま・みつお）

1953年、高知県に生まれる。四万十川のほとりにある町で育つ。『少年の海』（文研出版）で児童文芸新人賞を受賞。おもな作品に、『光っちょるぜよ！ ぼくら―四万十川物語』（日本児童文芸家協会賞、文研出版）や『少年たちの夏』、「水の精霊」シリーズ、「幻狼神異記」シリーズ（すべてポプラ社）、「鬼にて候」シリーズ（岩崎書店）、『結び蝶物語』（あかね書房）など多数。

絵◎辻恵（つじ・めぐみ）

1985年、三重県に生まれる。愛知県立芸術大学美術研究科日本画領域修了。ペーターズギャラリーコンペティション2009 鈴木成一賞、装画を描くコンペティションvol.12 MAYA賞受賞。一般文芸書の装画を中心に、児童書や教科書など、幅広い分野で活躍している。おもな装画の作品に、『祝言島』（真梨幸子・著、小学館）、『をちこちさんとわたし』（小島水青・著、中央公論新社）など多数。

装丁・本文デザイン◎宮川和夫事務所

---

teens' best selections 48

一《ひと》ツ蝶《ちょう》物《もの》語《がたり》

2018年11月 第1刷発行

作：横山充男 絵：辻恵

発行者 長谷川 均

編 集 小桜浩子

発行所 株式会社ポプラ社

〒102-8519 東京都千代田区麹町4-2-6 8・9F

電話（編集）03-5877-8108 （営業）03-5877-8109

ホームページ www.poplar.co.jp

印 刷 中央精版印刷株式会社

製 本 株式会社ブックアート

ISBN978-4-591-16038-1 / N.D.C.913 / 303p / 20cm

P8001048